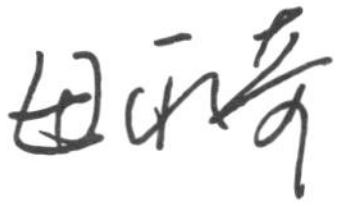

永远用奋斗定义自己的青春

“大国工匠人物传”丛书

母永奇

大地深处追光而行

朵拉图◎著

中国工人出版社

图书在版编目（CIP）数据

母永奇：大地深处追光而行 / 朵拉图著. -- 北京：中国工人出版社，2025. 9. -- ISBN 978-7-5008-8774-4

Ⅰ. I25

中国国家版本馆CIP数据核字第202579YU66号

母永奇：大地深处追光而行

出 版 人 董 宽
责任编辑 刘广涛
责任校对 张 彦
责任印制 黄 丽
出版发行 中国工人出版社
地　　址 北京市东城区鼓楼外大街45号　邮编：100120
网　　址 http://www.wp-china.com
电　　话 （010）62005043（总编室）
（010）62005039（印制管理中心）
（010）62379038（社科文艺分社）
发行热线 （010）82029051　62383056
经　　销 各地书店
印　　刷 宝蕾元仁浩（天津）印刷有限公司
开　　本 880毫米×1230毫米　1/32
印　　张 5.5
字　　数 93千字
版　　次 2025年9月第1版　2025年9月第1次印刷
定　　价 49.00元

国之大者，工匠先行

——“大国工匠人物传”丛书总序

在中华全国总工会成立100周年之际，全国总工会宣传教育部、中国报告文学学会、中国工人出版社联合开展了“文艺工作者走基层”活动，推出“大国工匠人物传”丛书，向全国总工会献礼，向广大劳动者致敬！

“知者创物，巧者述之守之，世谓之工。百工之事，皆圣人之作也。”这是中国所见年代最早的关于手工业技术文献《考工记》中对工匠的记载。“工”之责在于造物，“匠”者为能工鼎识者也。

幼时，老家云南昆明大板桥的老街上，从南头到北头，都是大大小小的手艺人，木匠、石匠、焗匠、骟匠、竹篾匠、鞋匠、箍桶匠……空气中飘荡着木匠的刨花香和石匠敲打出来的粉尘，充满着焗匠手中皮带的“吱扭扭”声、骟匠刀下小猪猡的闷哼、箍桶匠皮锤不轻不重的敲击声。老街上的竹篾匠是我的一个表姨夫，他来自四川，有着一手出神入化的编造竹篾手艺。粗壮的毛竹是表姨夫手中的“百万雄兵”，在一把锋利无比的刀的指挥下，被劈成厚薄、粗细不一的篾。表姨夫的本领仅次于撒豆成兵的天神，他能化篾成物，一般家里能见到、用到的器物，他都能用竹篾编出来。母亲曾命我在老街上买一个暖水瓶的内胆，然后去表姨夫的摊位上，坐等他为暖水瓶胆编制一件竹制的外壳。那个暖水瓶至今还在我家老屋的一个角落里。竹篾壳早已被岁月包了浆，虽然久不使用，却依然油润、红亮。这便是我幼时对匠人的记忆。

五千多年的中华历史长河中，涌现出了无数能工巧匠，他们或如明月光照，或如星河璀璨。一代代薪火相传的工匠精神，不仅成就了那些流芳百世的绝世建筑与器物，更是烛照我们通向文明现代化进程的精神之光，是我们文化的自信心、民族的根与魂。

从“嫦娥”探月到“祝融”探火，从“北斗”组网到“蛟龙”深潜，从港珠澳大桥横跨三地到大兴国际机场凤凰腾飞……这些挺起中华民族脊梁的大国重器、世纪工程背后，无不凝聚着万千工匠的心血和汗水，映照着工匠们孜孜以求、拼搏奋进的身影。

本套丛书收录的是全国总工会历年评选出的大国工匠

的人物传记。他们当中有焊接高铁的“工人院士”李万君、打破国外高端设备维修垄断的王树军、让中国锻件立于世界之巅的刘伯鸣、“人刀合一”的顶级钳工李凯军、在高空“穿针引线”的竺士杰、油田里的创新能手刘丽、了不起的“钢铁裁缝”艾爱国、数控机床上的“雕刻师”孟维、让三星堆文物“活”起来的郭汉中……他们有的是传统加工业的锻造者，为了突破技术瓶颈精益求精；有的是新兴制造业的探路者，为了实现精密制造巧思妙想；有的是军工行业的铸剑者，为了打造国之重器默默坚守；有的是民间手工艺的守护者，为了传承非遗文化精雕细琢……他们奋战在国防军工、装备制造、传统工艺等行业的第一线，以久久为功的钻研和创新，造就了一个个传奇。

这些杰出的工匠，尽管行业不同、岗位不一，成长经历各异，但他们都有着爱党爱国、敬业奉献、创新争先的优秀品质。他们耐得住清贫与寂寞，用灵巧的双手和精湛的技艺，数十年如一日地在平凡的岗位上雕琢自己心中的梦想，以实际行动诠释着“执着专注、精益求精、一丝不苟、追求卓越”的工匠精神。“天下大事，必作于细。”工匠精神既是中华民族技艺世代传承的价值理念，又是中国开启新征程，从制造业大国迈向制造业强国的时代需要。

“大国工匠是我们中华民族大厦的基石、栋梁。”2024年3月5日，习近平总书记参加十四届全国人大二次会议江苏代表团审议时强调“树立工匠精神”，指出“没有金刚钻，揽不了瓷器活”，要“把第一线的大国工匠一批一批培养出来”。党的十八大以来，习近平总书记对建设高素质劳动大军高度重视，强调“当代工人不仅要有力量，还要有智慧、有技术，能发明、会创新，以实际行动奏响时代主旋律”，深刻阐述工匠精神“执着专注、精益求精、一丝不苟、追求卓越”的内涵要义，号召全社会弘扬工匠精神，“为全面建设社会主义现代化国家、实现中华民族伟大复兴的中国梦提供有力人才和技能支撑”。

“匠心聚，百业兴。”无论是传统产业，还是新兴产业、未来产业，大国工匠在发展新质生产力的历史进程中不可或缺。随着经济发展方式转型和产业结构升级，中国要实现由制造大国向制造强国的转变，实现由中国制造向中国创造的跨越，离不开广大劳动者的创新和创造，更离不开对工匠精神的继承和发扬，于是呼唤更多大国工匠成为时代强音。

文艺是时代进步的号角，最能代表一个时代的风貌，最能引领一个时代的风气。中国报告文学学会、中国工人出版社联袂推出“大国工匠人物传”丛书，以图书的形式为大国工匠树碑立传，让他们的故事和精神具有更广泛的交流传播价值和长久的史料价值。本套丛书的写作者奔赴大国工匠生活的城市，深入大国工匠工作的厂区、车间、工作室，获取了全面细致的第一手材料，最终将大国工匠的成长、成才故事呈现在读者面前。

“大国工匠人物传”丛书讲述的是个人奋斗史，也描绘出大国工匠的群体形象。可以说，这套丛书是目前国内系统研究众多大国工匠人生轨迹的权威读本，既有对每位大国工匠的整体介绍和事迹梳理，又有具体的事件、案例，全面、生动地展示了大国工匠各个人生时期的工作和生活状态。

新时代是奋斗者的时代，中国式现代化建设新征程这一宏伟事业为广大工匠技能人才成就梦想提供了广阔舞台。每位劳动者都是主角，都可以成为工匠精神的践行者。大国工匠是新时代的最美奋斗者，更是和平年代当之无愧的英雄。

国之大者，工匠先行，向着中华民族伟大复兴的目标砥砺奋进，行稳致远。

是以为序。

目　录

中铁隧道局

引子

我对母永奇说：“我想跟你到盾构机上去看看。”

他说：“不行。”

此次前去采访母永奇的路途可谓充满了波折，由于没有直飞林芝的航班，我不得不先抵达成都机场进行转机，续航是第二天一早的飞机，为了方便，我选择住在飞机场里的宾馆。原本想着去航站楼步行只需5分钟，提前一个半小时应该万无一失，想不到成都机场人满为患，等待安检的队伍排成长龙，安检又是极其地缓慢、认真；登机口临时更换了位置，需要乘机场的地铁去另一个航站楼，我拖着行李箱一路飞奔，记不清上了几次楼，下了几次楼，当我赶到登机口时已经开始登机，好一番折腾。飞机终于缓缓降落。我迫不及待地打开手机，屏幕上瞬间跳出一连串的未接电话。我一边加快脚步从飞机场往外走，一边匆忙地回拨电话。朋友那熟悉的声音很快从电话那头传来："你在干嘛呢？我怎么听着你气喘吁吁的？"我下意识地回答："没有啊，这你都能察觉出来？"紧接着我补充道，"我刚在林芝机场落地呢。"朋友立刻关切地叮嘱："一定要留意高原反应哦。"我当时并未觉得自身状况有多么糟糕，可没想到，朋友仅通过电话里的声音，就敏锐地捕捉到了我细微的气喘迹象。

当天下午我便开启了采访之旅，彼时高原反应带来的不适已悄然袭来，头晕恶心之感如影随形，好在并无更为严重的症状，我仍坚持采访。夜幕降临，入住海拔3400多米的宾馆后，高原反应如同汹涌的潮水将我淹没，先是恶心呕吐，紧接着心跳过速，强烈的不适让我当晚便不得不借助吸氧来缓解高原反应的症状。

采访前，我查阅了大量有关盾构机的资料，探寻盾构机的起源和设计灵感。原来早在两百多年前，法国工程师布鲁诺尔，由海洋软体动物凿船贝（俗名船蛆），获得灵感发明了盾构机，在人类历史上，为隧道施工实现了重大技术突破，为隧道盾构机的辉煌未来奠定了技术理论基石。

经过两天的采访，我初步了解了盾构机的工作原理和操作难度。盾构机，这一地下工程的超级利器，宛如一条钢铁巨龙，以其独特的工作方式在大地深处开拓前行，像极了凿船贝随心所欲地穿行于木头之间。盾构机的前端是巨大的刀盘，犹如一张钢铁大口，上面密布着各类刀具，在电机的强劲驱动下高速旋转，有的如利斧，以磅礴之力劈开坚硬的岩石，将岩层一点点地切削下来；有的像刮刀，轻柔地刮擦着松软的土层。盾构机的操控者也就是盾构机的主司机，必须精准地掌握刀盘的转速、扭矩以及推进的压力等一系列复杂参数。这需要长时间的专业学习与实践积累，只有对岩土力学、机械工程等多学科知识有着深入透彻的理解，才能根据不同的地质状况作出准确的判断与调整。

在大地的幽深处，盾构机宛如一位沉默而坚毅的开拓者，启动了它神秘而伟大的征程。在那幽闭的钢铁巨兽腹中，在狭小的空间里，母永奇在盾构机驾驶室开启了每日的掘进征程。机器的轰鸣如汹涌的巨兽咆哮，震耳欲聋，它无情地钻进母永奇的耳道，在脑海里横冲直撞，时间久了，他仿佛连自己的心跳声都难以捕捉。闷热的空气像是凝滞的沼泽，将母永奇紧紧包裹，汗水如失控的溪流，肆意在全身奔涌，工作服被汗水湿透黏在皮肤上，有时实在热得透不过气来，他干脆脱了上衣工作。

四周昏暗的灯光在尘埃的肆虐下显得如此无力，只能勉强勾勒出模糊的轮廓。他在这光影交错的朦胧里，机械地操作着各种复杂的仪器，眼神在仪表盘上的数字与那无尽黑暗的隧道之间来回游移。随着盾构机的强力推进，隧道深处传来沉闷的回响，那是大地在痛苦地低吟，每一声都似重锤砸在心头。被刀盘切削下来的渣土，沿着预设的输送带通道奔赴它们新的归宿，那宛如地下长河的路径，缓缓向后撤离。与此同时，盾构机还会在掘进的过程中，通过拼装系统将预制好的管片一块一块精准地拼接起来，为隧道筑牢坚实的壁体，如同大地深处的坚固铠甲，守护着新生的隧道空间，使之在盾构机的不断推进中，逐步成型、延展，向着远方延伸出希望与通途的脉络。这一拼装过程要求极高的精度，母永奇需要凭借专业的技能与丰富的经验，确保管片之间的连接紧密无缝，每一环的安装角度、位置都分毫不差，任何一点细微的失误都可能引发严重的后果，危及整个隧道工程的安全与质量。

听闻盾构机的种种神奇功能后，当我提出要登上盾构机深入体验时，母永奇拒绝了。他神情严肃地向我描述隧道内极为恶劣的环境：“里面的缺氧状况十分严重，现在盾构机已经掘进到距离隧道入口 9 公里处，乘隧道有轨运输车到施工地点就需要 1 个多小时，你已经有高原反应了，再在缺氧的环境里爬上爬下地采访，很危险的。”我疑惑是不是听错了：“运输车的速度一小时不到 9 公里？”他说：“是的，就是这么慢，运物和人都是这个速度，快了不安全。”我毫不犹豫地回应道：“我可以带着氧气瓶进入，毕竟时间不会太久，我一定要亲身去感受一番。”母永奇接着说：“里面湿度大，到处是泥巴、脏水，空气中弥漫着粉尘，温度高达 40 摄氏度，像在炙热的充满烟雾的蒸笼之中，盾构机司机经常是光着膀子工作的。”听闻温度等阻碍，我又坦然表示：“这个更好克服了，短暂的体验，我不怕脏，也不怕热，可以脱掉外面的衣物，尽量少穿一些。”面对我给出的一个个解决办法，他仍面露难色。第二天，当我再次提出想体验时，母永奇说，昨天已经把我想上盾构机的事情和领导汇报了，经过大家的讨论研究，他们还是坚决地拒绝了我的请求。我顿时激动起来："我是一名报告文学作家啊！如果你们能在这样极端恶劣的环境里长期坚守工作，我却连短暂的体验都承受不了，不能亲历你们的艰辛，怎能真切地描绘出你们在盾构机内默默坚守的伟大？又怎能书写出真实且震撼人心的作品？"

我深知，他们每日置身于极端恶劣的环境，与机器的轰鸣为伴，在狭窄闷热的空间里挥洒汗水，在昏暗的尘埃里坚守希望。我渴望用自己的双眼见证他们的艰辛，用心灵去感受他们的坚韧，若因畏惧这一时的困苦而退缩，我笔下的文字将无法承载他们真实的重量与光辉。

我对母永奇讲，我最崇尚的匈牙利裔美籍战地记者罗伯特·卡帕有一句名言："如果你的照片拍得不够好，那是因为你的距离不够近。"这句话不仅是对摄影的深刻洞察，更是对报告文学创作的精准诠释。我一直把这句话当成我报告文学创作的座右铭。距离，是横亘在真实与虚幻之间的天堑，若不跨越，笔下的文字只能是无源之水、无本之木。因此，每次采访、写作，我都全身心地融入每一个采访之地，去真正感知那片土地的脉搏，触摸事件最真实的纹理。只有当我与采访对象近到能听见彼此的呼吸，能感受到环境的每一丝细微变化，才能在字里行间雕琢出有血有肉的细节，挖掘出那些隐藏在深处不为人知的故事。每一处被忽视的角落，每一个未被聆听的声音，都将在我的亲身体验中被唤醒。唯有这样，才能呈现出有温度有灵魂的真实的文字。

最终，我未能劝动母永奇改变决定。他那欲言又止的模样，好像有难言之隐在心底幽藏，让我无从探知。直至我寻访了母永奇的数位同事，真相才渐渐显现。原来，他们阻拦我踏入隧道登盾构机有着如此多的原因。

第一章 初遇盾构机

2010年10月，在宁波的同学牛永波电话告知母永奇，中铁隧道局集团宁波地铁1号线项目招聘盾构机主司机学徒，月薪5000元，要求专科学历、机电一体化专业，他们恰好符合条件。那时，母永奇刚从深圳创维集团离职半年，进入深圳比亚迪汽车制造有限公司工作，凭借出色表现，已是小组长，月工资4200元左右。当时，妻子还在坐月子，他本打算等孩子满月后回深圳上班。盾构机对母永奇而言是新词，网上信息寥寥，只知是大型施工设备。

但母永奇仍毫不犹豫地应下，次日便带着行李奔赴宁波。

牛永波在火车站接到母永奇，两人寒暄后寻处住下，夜晚畅聊毕业以来的经历，原来牛永波也如母永奇般四处辗转，工作皆不如意。次日，他们早早地前往工地项目部，联系招聘人事，随后被引至机械总工张总办公室。张总查阅毕业证与简历并面试二人。张总说："我们是干隧道的，环境很艰苦，但盾构机在国内才刚起步，如果你们学会了操作盾构机，至少未来 20 年你们不愁找不到活儿干，而且工资会越来越高，只要你们愿意，就留下来好好干。"母永奇说："只要你安排我们干跟机械设备相关的工作，再苦再累我们都愿意留下，如果不是的话，我们就回去了。"张总笑着说："这个问题你们放心，肯定是跟设备相关的。"随后，二人通过面试留了下来。项目人事引领他俩办理入职、签订合同，领取工作服、安全帽，并分配宿舍，告知次日正式上班。随后，他们回宾馆收拾行李，入住项目宿舍。

第二天，他们早早地起床，穿好工作服，戴好安全帽，到张总办公室等候。张总带着他们去工地上，边走边给他们介绍项目情况。他们通过梯笼从地面下到井底，大概 30 米深，这时候他们才看到了隧道洞口的样子，左右两个洞口，中间间隔十几米，圆形的洞口跟他们以前见过的椭圆形的隧道洞口完全不一样。他俩跟随张总进了右侧的隧道，往前走了大概100米，到了盾构机尾部。他俩都被眼前的景象震惊了，原来这就是盾构机，6米多高，分上下两层。他们沿着盾构机尾部一直走到盾构机的最前端，越往前走他俩越震惊，数不清的各种管路、电缆错综复杂，各种叫不上名字的设备分布在不同的位置，十几个工人光着膀子正在工作。

最后，张总带着他俩来到了一个房间门口，打开门，只见里面站着4位穿不同样式工作服的人正在讨论着什么。房间很狭小，他们4个人站在里面显得十分拥挤，张总和他俩只能站在门外，里面的人跟张总打着招呼。张总指着他俩说："这是我们项目上刚招聘的盾构机主司机学徒，你们以后多给他俩指点指点，教会了他俩，你们就可以早点离开了。"里面的人笑着点了点头。之后，张总领着他俩离开了盾构机。出洞的时候，张总说："刚才你们看到的就是主机室，里面的人是盾构机制造厂家的售后服务人员，合同上规定他们只需要给我们的项目保驾护航600米就可以离开了，按照现在的进度大概还有3个月时间，你俩一定要跟着他们好好学习，3个月后他们离开就全靠你们自己操作了。”他俩说，“我们一定好好学”，其实心里直犯嘀咕，这么复杂的设备学起来肯定十分困难，没有一个固定的师父，况且别人还不一定认真教我们，3个月到底能不能学会呀。

刚开始几天他俩每天按时上班，进洞整天就是在盾构机上转来转去，里面的工人都忙自己的工作，不搭理他俩，也没人管他俩。主机室的门好像永远都是锁着的状态，他俩只好站在窗外，透过玻璃看里面的厂家服务人员

母永奇刚参加工作时的照片

操作着盾构机掘进，既看不清更看不懂，掘进的时候盾构机往前走，隧道就成型了，看不到前面刀盘到底是个什么样子，怎么开挖的，只是觉得里面操作的师傅很厉害，很了不起，内心羡慕极了。也就是在那时，母永奇暗自下定决心一定要学会开盾构机。连续几天无法接触到盾构机，他俩内心既焦急又无助。4 个厂家师傅各司其职，分别负责电气、液压、机械和掘进操作，他们分工明确，盾构机在掘进过程中经常发生故障，处理不同的故障，就由不同的人出马。例如出现了电气故障，负责电气的师傅去处理，其他人都不靠前。机会终于来了，每次出现故障，师傅去处理的时候，他俩就跟在师傅身后，帮忙背包、拿工具、打手电筒、拧螺丝、拿配件等。每天上班时，他俩会给 4 位师傅每人带一瓶饮料，下班了请他们一起出去吃个烧烤，渐渐地跟各位师傅越来越熟悉，关系处得越来越好，4 位师傅也开始一点一点地教他俩了解盾构机各个系统的原理、怎么看图纸、怎么判断处理各种故障。母永奇每天都随身携带一个小笔记本和笔，细心地记录着当天师傅处理故障的过程，下班了回到宿舍，躺在床上还要拿出笔记本仔细翻看。就这样，他俩边干边学。那段时间他俩都上白班，每天工作 12 个小时，虽然时间长，但面对新鲜事物，学习新的知识，他俩一点儿都不觉得累。而且，他俩发现在大学里学到的 CAD 制图、电工电子、液压传动、机械制造、金属工艺等课程知识，在盾构机上全部都能用到了。

后来，他俩在 4 位师傅那里得到了很多关于这台盾构机的资料，包括机械图纸、电气图纸、液压系统原理图、产品说明书、维修保养手册、各种视频资料等。原来这台盾构机是由中铁装备集团生产制造的第 28 台盾构机，取名“中铁 28 号”，也是国内生产的第 28 台盾构机，盾构机全长 120 米，开挖直径 6.28 米，总重超过 2000 吨。几位师傅告诉他俩，目前国内会操作盾构机的主司机不超过 20 位，而且一半的主司机都在中铁装备集团工作，做售后服务，他们之间默契地形成了不带徒弟的不成文规定，要不是因为他俩特别勤奋、上进好学，跟师傅们处的关系又好，也不会教他俩。

前两个月，他俩一直跟着 4 位师傅学习了解盾构机的各个系统，处理各种故障，可奇怪的是，师傅们一直不让他俩进主机室，不教他们盾构机操作技术。直到第三个月，他们中操作盾构机的一位名叫刘文龙的师傅，才让他俩进入主机室，站在他身后看着他操作。他俩都认真地

母永奇

边看边记录刘文龙的操作步骤。在此过程中，刘文龙也会细心地给他俩讲解为什么要这样操作，各种参数该怎样控制，等等。他俩因为前期2个月的学习，理解起来都很快，但刘文龙始终不让他俩真正地上手操作。直到10天后，刘文龙才安排他俩一个一个地进行上手操作。刚开始，他俩都十分紧张，这么先进的设备，万一操作失误，引起设备故障该怎么办啊？刘文龙安慰说，不要紧张，他就站在他俩身后，一步一步地指导。他俩按照刘文龙的指令，一步一步地慢慢操作，过程中出现错误，刘文龙会第一时间给他俩纠正。渐渐地，他俩操作起来越来越熟练，刘文龙也一直站在他们身后。又一个10天过后，刘文龙说："你们可以单独操作了，算是出师了。"他俩就分班了，一个上白班，一个上夜班。母永奇当时上夜班，3个月中的最后10天，他俩都是独自操作的，背后再也没有师傅帮他俩盯着。遇到问题的时候，自己先摸索着处理，处理不了就给刘文龙打电话，不管是夜里几点，刘文龙都会第一时间赶到主机室来处理，他俩跟着刘文龙学到了很多处理难题的技巧。3个月结束了，张总带着项目经理、书记、副经理、土木总工等领导班子，对他俩进行了考核。他们站在主机室，看着他俩每人操作掘进了一环（每环1.5米），并在盾构机上考察了盾构机的各个系统的原理，各个部件的名称和功能，最终他俩都通过了考核，正式成为盾构机主司机。

厂家师傅离开后，一旦遇到难题，便只能靠他们自行解决。盾构机持续向里推进，隧道内的温度也越发升高。每日工作时长长达12个小时，在上白班期间，母永奇每天清晨6点30分便准时起床洗漱，7点吃早餐，8点整准时

母永奇学习盾构机时候的照片

抵达盾构机处接班。中午时分，食堂会将饭菜送进隧道，他就在主机室解决午餐。晚上 8 点，夜班司机则会准时来到主机室进行交接。每月 15 号与 30 号倒班之时，夜班转白班的司机在早上 8 点下班后能休息一上午，中午 1 点再进洞接班；白班转夜班的司机下午 1 点下班后能休息一下午，晚上 8 点接着进洞接班。倒班当日，每人皆需工作 18 个小时。

晚上 8 点，在隧道的深处，母永奇结束了白班的工作，从那幽长且弥漫着泥土与机械气息的隧道中走出，时间已悄悄滑过 8 点半。他拖着疲惫的身躯迈向食堂，渴望用一顿热饭慰藉整日的辛劳，然而食堂那紧闭的大门和漆黑的窗口无情地打破了他的期待。下午 6 点开饭的食堂，此刻早已被收拾得干干净净，做饭的阿姨们也已下班离去，唯留母永奇在这寒冷的夜色中饥肠辘辘。在与领导沟通后，虽有了每天预留两份饭放在门卫处的安排，但冬日的严寒让这份关怀也失去了温度。当他从门卫处拿到盒饭时，触手的冰凉仿佛能穿透掌心直达心底。他回到宿舍，那如冰窖般的寒冷迅速将他包裹。坐在简陋的床边，他打开盒饭，望着那毫无热气的饭菜，正欲强咽下肚时，母亲的来电恰在此时响起。

“儿子，工作怎么样啊？辛苦吗？伙食好不好？那里冷不冷呀？家里都下雪了。”母亲那熟悉而又亲切的声音顺着电波传来。一连串关切的询问，句句探寻着母永奇的苦乐忧喜。

母永奇深吸一口气，努力让自己的声音听起来轻松愉悦：“妈，您放心吧，工作挺好的，饭也特别好吃，还有工作服可暖和了，一点儿也不冷。”他一边将冰冷的饭菜送入口中，一边泪流满面，泪水滴落在冰冷的盒饭里，与饭菜的凉意融为一体，唯有心中对母亲的爱以及不想让其担忧的信念，在这寒夜中越发坚定与炽热。母永奇默默承受着辛苦与劳累，把所有的艰难都藏在心底，却只想着让母亲安心。在那个流泪的夜晚，过往的回忆像电影一样浮现在眼前。

第二章 大山深处的童年

1985年9月，母永奇出生在四川省广元市苍溪县三川镇柳树村的一个普通农村家庭里。村子不大，坐落在海拔约1000米的半山腰上，山脚下一条三川河流淌而过。这里地处丘陵，与陕西交界，属秦岭山脉地域。村里人多是以土地为生，年复一年，周而复始地辛勤耕种着两季庄稼，一季水稻，一季小麦，在这期间，还会穿插着种植玉米、红薯等作物，也会种上油菜等蔬菜。只是，丘陵山区的耕种条件远不及平原那般优越便利。平原之上，家与农田往往处于同一水平面，而柳树村的人家，都是家在半山腰，农田却在山上。无论是播种时背着四川特色的背篓，一篓一篓地将种子、化肥从家中运往山上，还是收获季节，把沉甸甸的粮食从山上背回家里，抑或是将粮食背到镇上的集市售卖以换取微薄的收入，都需要沿着蜿蜒的山路艰难攀爬。

母永奇的家里有5间土墙瓦房，住着6口人，爷爷、奶奶、父亲、母亲、姐姐和他。家里唯一的电器就是一台带钟表的收音机。爷爷奶奶身体不好，爷爷在家里养了

三川镇柳树村

50 多只鸭子，奶奶每天到山上放牛割草。母永奇的父亲是一位手艺精湛的木匠，一旦听闻村里哪家有女儿即将出嫁，需要打造嫁妆，他便会主动前去揽活儿。精心制作的婚床，结实美观的柜子，一件件承载着他的匠心与对新人的祝福，也为家庭带来了些许额外收入。母亲是地地道道的农村妇女，每天忙碌在山间田野。由于父亲经常外出做木匠活，有时候他背起装斧子、锯子等工具的背篓一走就是半个月，家里的农活几乎全部落在了母亲一个人身上。母亲是村里出了名的能干、勤快且贤惠之人，各种评选“好媳妇”之类的荣誉称号，总是少不了她的名字。

小时候，母永奇和姐姐经常跟着母亲到地里干活，母亲总会一边忙碌着一边教育姐弟俩，以后要好好上学，争取考出去，不要像她一样一辈子没有走出过大山。母亲偶尔也会讲他很难理解的事情，母永奇出生前正赶上计划生育政策，由于家里爷爷和父亲都是独生子女，爷爷便跑到镇里写了儿子儿媳想生二胎的申请。镇里来人到家里了解情况后，批准了生育申请，但还得交罚款 800 元，母亲才能合法、顺利地生下他。提及此事，母亲脸上浮现出欣慰的笑意，说相对于村里其他二胎的孩子，母永奇是罚款最少的一个。

母永奇的老家

到了母永奇上学的年纪，姐姐正上二年级，姐姐带着他每天去村里唯一的柳树村小学上课。学校里只有一位年过 50 岁的男老师，20 多名学生在一个班里。像母永奇一样够上学年龄的孩子，每天上课只能站在旁边听课，他就站在姐姐的课桌旁边听老师讲课。老师也不怎么管这群年幼的孩子，也知道他们听不懂上课的内容。母永奇跟着姐姐的班级旁听了 2 年后，才有了单独的教室，开始了一年级的学习。还是原来的老师，他一个人带着两个不同的年级，负责教两个年级所有的课程，他一手粉笔字写得跟教科书上印刷的似的，让母永奇现在记忆犹新。为了能更好地教学和辅导，学校决定所有孩子中午都在学校吃蒸饭，每人每天上交一点大米和一根柴火。从此，每天上学时，母永奇的书包里便多了一个铝合金饭盒和一个玻璃瓶子，饭盒里装大米，瓶子里装上咸菜或泡菜，再背上一根树干劈成的柴火。到了学校，第一件事情就是把饭盒和柴火交给老师，师娘每天给学生烧火蒸饭，热心的师娘每天中午还会给学生们烧好一锅青菜汤。母永奇上小学三年级时，镇里教育部门说老师一个人带两个年级确实忙不过来，于是姐姐在六年级就去了镇里的小学上学，学校里只剩下他们一个班级，一直到小学五年级结束。母永奇上小学六年级时，也到了三川镇中心小学上学。

直到这时，母永奇才明白了上学的艰辛，他们村属于三川镇里偏远的村，与隔壁五龙镇接壤，平时村里人赶集都去隔壁的五龙镇，而不是去自己村所属的三川镇。母永奇家在山腰以上的位置，学校在山脚下，二者直线距离大约 8 公里，路途遥远加上部分陡峭的石阶山路，成年人尚且需要徒步 3 个多小时才能抵达，何况十一二岁的孩子。学校安排他们村 18 个孩子住校，每周回家一次。然而，就是这每周一次的家校往返路程，竟成了他们心底难以言说的恐惧，成了童年不可磨灭的记忆。每周日中午吃完午饭，母永奇就背起书包向学校出发，与小伙伴约好在某个路口集合，而后结伴同行。一路下坡，大家走起来很轻松，甚至偶尔来一阵小跑，半路上累了就休息一会儿，边走边玩，待抵达学校，往往已是夕阳西下。周一至周五，

母永奇就读的柳树村小学（如今已经成为村委会）

每天放学后，其他学生都陆续回家了，天黑之后，整个学校唯有他们几间宿舍的微弱灯光，他们根本不敢出去玩耍。幸得校长如一位尽职的守夜人，每晚都会到宿舍，查看他们是否安好，那沉稳的脚步声，像为他们惶恐的心注入一剂镇定的良药。每日清晨，他们都早早地起床，快速洗漱、吃早饭，相比离校最近的孩子，他们的身影总是更早地出现在教室里。

每周五下午有 3 节课，他们在上第二节课时，就没有心思听课了，只盼着下课铃快些敲响，好踏上归家的路途。放学后，小伙伴们依约同行。个个背着书包，脚步匆匆，神色凝重，害怕天黑了还没有赶到家，上学时的嬉闹、追逐全然不见，只剩那眼前长长的石梯台阶路在脚下延伸。刚开始大家还能走在一起，渐渐地，体力好的孩子不知道走到前面哪里去了，体力差的孩子也不知道掉队多远了，每爬完一段台阶，汗水常浸湿衣衫，疲惫不堪时，便停下休息一会儿，待喘息稍缓，又继续攀爬。即便奋力疾行，有的孩子还是经常没赶到村口天就已经黑了。

遇到下雨天，孩子们就把化肥袋子顶在头上，挽起裤腿，于泥泞的山路跋涉而行，归家之路越发漫长。冬日里，天黑得早，孩子们只得摸黑赶路。稍年长的男孩用稻草束成火把，在前方探路，年幼者则紧紧相随，夜色愈浓，恐惧愈深。此时，一束手电筒光划破黑暗，伴随而来的是声声呼唤。原来是家长们前来相迎。每闻大人呼喊自己的名字，孩子们皆声泪俱下，高声回应。这般场景，母永奇历经无数次，刻骨铭心。夏日某次回到家后，母亲惊讶地看着他的脚，上学时才穿上的新凉鞋，仅穿一周便已破损，皆是匆忙赶路所致。这段求学经历，如同一把刻刀，雕琢出母永奇超强的毅力与吃苦耐劳的品性，深深烙印在他的生命轨迹之中，对他日后的成长影响深远。

1999 年 9 月，母永奇小学毕业升入初中，满心都是对未来校园生活的憧憬。姐姐也从三川镇初中毕业，且凭借优异的成绩考上了高中，那是足以令全家骄傲的成绩。然而，家庭经济的困窘，父母满面愁容地告知，家中实在难以担负起姐弟俩同时上学的费用。那一刻，母永奇看到姐姐眼中的光瞬间黯淡，那是梦想的破碎，更深深刺痛了他的心。

姐姐默默地收拾起行囊，前往五龙镇，在一家饭馆开启了学徒生涯。母永奇则怀着沉重的心情踏入镇里唯一的初中——三川镇中学。校园的生活依旧按部就班地进行着，此地与曾经的小学距离相近，他每周往返家校的路途未曾

母永奇和他姐姐

有太多改变，可他的心境已截然不同。母永奇走着姐姐走过的路，每一步都带着对姐姐深深的愧疚与思念。

那时，村里众多学生纷纷选择前往五龙镇就读，母永奇却因心中那份难以言说的牵挂，直至初中二年级才转学去五龙镇。转学后的路程缩短至原路的一半，母永奇步行一小时左右便能抵达学校。初三下学期，紧张的中考气氛弥漫在校园的每个角落。母永奇在学校与村里曾一同上小学的伙伴再次相逢，上学放学又能够结伴同行，可他心中始终有一块空缺，那是姐姐无奈辍学打工留下的痕迹。中考后，班主任老师建议母永奇填报了苍溪中学——县里唯一的省重点高中，作为第一志愿。母永奇望着那张志愿表，思绪飘远，他深知这所学校对于自己乃至整个家庭的意义，每年学校仅有五六个人能够踏入苍溪中学的校门，他虽成绩优异，但想考上并非易事。

最终考试成绩揭晓，母永奇以 517 分的总成绩位居班级榜首，却仍与苍溪中学 530 分的录取分数线相差 13 分。县里的另一所省重点高中——城郊中学的录取分数线为 515 分。班主任苦口婆心地提议母永奇前往城郊中学就读，五龙中学高中部也热情地劝他留在本校。母永奇内心陷入了激烈的挣扎，反复思量，若前往城郊中学读书，便要奔赴县城，要频繁地搭乘班车，那不菲的交通费用、更高的学费和生活费，无疑会成为家庭沉重的负担。留在五龙中学，虽然离家更近，费用更低，但他又何尝不想到省重点高中去学习，为姐姐、为家庭争得那一份荣耀。最后，为避免给家庭增添过多的经济压力，母永奇毅然决定留在五龙中学继续高中的学业。

第二章 两情相悦的坚守

2002 年 9 月，母永奇在五龙中学开启了高中的逐梦之旅。他所在的高一（二）班有个特别的女孩，名为刘春坪。她身形娇小，留着一头齐耳短发，气质温文尔雅，性格腼腆内向，不善言辞。母永奇坐在教室第一排，他俩座位是前后排，宛如月老不经意间牵就的红线，成为这段缘分的起始音符，奏响了此后绵延岁月里的情感乐章。在很长的一段时间里，两人虽近在咫尺，却未曾有过只言片语的交流。有一次上课时，刘春坪竟趴在课桌上悄然入睡。

老师点名，她却毫无察觉。紧急时刻，母永奇下意识地转身轻拍她的头，将她唤醒。老师让刘春坪站着听完了整堂课。课后，刘春坪与母永奇约定，此后若再见她上课昏睡，务必喊醒她。在那段青涩的岁月里，他们之间的感情朦胧而含蓄。他们经常以借铅笔、橡皮等为借口，轻声交谈，目光交汇时，似有微妙的电流穿过心底。

上自习课时，安静的教室里常出现这样的画面：刘春坪的头渐渐低垂，似被无形的困意拽入梦乡。她的学习成绩本来就不太好，此刻睡觉更是耽误学习。每当此时，母永奇就回头看着她，目光中带着关切，或者是用手掌轻拍她的脑门，或在书桌上轻轻地敲几声，将刘春坪从睡梦中唤醒，拉回那满是书本与梦想的世界。后来，刘春坪去医院检查才知犯困是大脑供血不足造成的。刘春坪那温柔似水、轻声细语的说话模样，内敛含蓄的性格，是发自心底地喜欢母永奇。母永奇虽比刘春坪小半岁，却心怀知识改变命运的深刻领悟，更怀着与她一同走出深山共赴大学之境的梦想，他宛如一位守护小世界的兄长，用自己的方式守护着她、督促着她，试图引领她在青春的航道上，驶向更璀璨的远方。

随着时间的推移，两人的关系日益熟稔。课余之际，他俩对弈五子棋，刘春坪虽屡战屡败，但也毫不气馁，依旧乐此不疲地邀母永奇再战。母永奇喜欢踢足球，在班里的足球队担任前锋，学校每年都会举办足球联赛，每当他在绿茵场上激情奋战时，总能不经意间瞥见刘春坪那默默守望的身影。她静静地伫立在球场边，目光紧紧追随着他的每一个动作。

母永奇赠予刘春坪一本崭新笔记本，如一个装满秘密

高一军训合影（二排左六为刘春坪、最后一排左四为母永奇）

与期待的宝盒。他在第一页右下角，郑重地写下自己的名字，像一枚独特的印记。那空白的纸页，仿佛是沉默而深邃的情感，又似无垠的旷野，蕴藏着无尽的可能与美好。此后，刘春坪每一次翻开本子，看到母永奇的名字，幸福感便如涓涓细流淌过心田，只因这个笔记本是她心动之人的馈赠。刘春坪也怀着满心的温柔与眷恋，为母永奇精心折叠起千纸鹤，指尖轻触纸张的瞬间，每一道折痕、每一次翻转，都倾注着情思与爱意。她记不清究竟折叠了多少只，那一只只千纸鹤，恰似她心中振翅欲飞的梦，每一只都饱含着少女的矜持与羞涩，每一只都叠进了她对未来的遐想与憧憬，每一对羽翼都承载着对未来与爱人携手同行的炽热渴望。

自高一相识，至高二下学期文理分班，仅一年半的前后排时光，如流星划过夜空，短暂却在彼此心中镌刻下难以磨灭的痕迹，让那份未曾说破的情感在岁月里静静沉淀、悄然生长。文理分科后，母永奇在理科班，刘春坪在文科班，如命运的轻轻拨弄，将他们短暂分离。此后一年半的时光，两人只能用书信联系，虽然只是见面的问候，心意却在心底扎根更深。后来，同学们提及他俩的恋情，都说他俩很像亲兄妹，无论是模样，还是内敛含蓄的性格，都似一个模子里刻出来的。

高三这一年，母永奇心无旁骛地投身学习冲刺之中，然而高考成绩却不尽如人意。学校老师前来劝导，称以母永奇现有的成绩，若复读一年，一定能考上好的大学。可母永奇一想到复读会让父母增添更多的经济负担，便心生退意，打算放弃学业，外出打工。在归家的路上，母永奇的内心五味杂陈。回到家中，母永奇向家人如实告知了

高中毕业合影（最后一排左六为母永奇）

成绩与自己的想法。父母只是平静地说，如今他已长大成人，理应有自主抉择的权利。随后，母永奇联系了在外地建筑工地务工的亲戚，托其帮忙介绍一份工作。此后，尽管学校老师数次登门，苦口婆心地劝母永奇回校复读，均被他婉言谢绝，此刻的他，已坚定了跟随亲戚外出打工的决心。

后来，江西城市职业学院的专科录取通知书送达后，母永奇仍不为所动。直至同学黄虎也收到该校的录取通知书，父母得知后极力劝说，称两人同去求学可以相互照应，多学知识总归有益，且表示会全力支持学费。母永奇虽心有不愿，但在同学的劝导下，最终还是与黄虎一同踏上前往江西的求学路。启程那日，他们的母亲相伴将二人送至车站，反复叮嘱他们相互关照、用心学习。从四川广元至江西南昌，绿皮火车行驶了漫长的两天两夜后才抵达。

报到时，他俩默契地选择了机电一体化专业，机缘巧合下被分到同一班级——机电学院 05 级机电一体化 7 班。他俩还被分配到了同一间宿舍。此后，在大学时光里，他俩亲如兄弟，上课、吃饭、运动、游玩皆形影不离。因为深知父母供学不易，尤其是母永奇，明白父亲为筹学费在工地从事艰苦的隧道打钻工作（后来，他干了隧道行业才了解到打钻工是多么的辛苦），所以，他俩在学业上格外勤勉，奋力汲取知识，力求不辜负家人的付出与期望。父亲每月按时转来 500 元生活费，对于勤俭的母永奇来说，足够在学校食堂吃饭。但母永奇省吃俭用，每月会存下 50 元，留着放假回家买车票用。

大学的学习生活没有高中那么紧张，暑假长达两个月，母永奇与黄虎商量后决定暑假不回家。一是回家路途遥远，车票难买，还特别挤，经常买不到坐票；二是他们可以去周边省份打工，来挣生活费减轻家里的负担。他们宿舍有位学长的哥哥是水电安装包工头。经学长牵线，老板欣然接纳了他们。当时，老板在杭州承接了一家大型超市的水电装修工程，手下有六七位师傅，正缺小工。小工工钱为每日一个工 60 元，晚上加班 3 小时算半个工 30 元，通宵加班则算两个工。老板给每人安排了一位师傅，母永奇有幸跟随一位陕西的电工师傅。从此，母永奇每天背着电工包，手持各类工具，扛着“人”字梯，默默地辅助师傅开展工作。那师傅和善，干活时，不忘传授母永奇布线、安装开关插座与灯具、接配电柜等技艺。如此过了约 20 天后，老板见母永奇勤勉聪慧，便让他独立安装一排灯具。自此，母永奇逐渐也当起了大工，在实践中不断磨砺技艺。

为了赶在超市预定开业日期前完工，工程进度紧迫，众人几乎每晚都要加班至十一二点。夏日酷热，干活时汗如雨下，异常艰辛，但他俩咬牙坚持。转瞬之间，学校开学在即，他俩向老板辞行。老板结算工资时，他俩总计劳作50余天，每人80多个工，本应得4800多元。然而，老板却各给了他们5000元，他俩特别高兴，这是他俩人生中靠自己的劳动挣的第一笔钱。5000元对他俩来说太多了，足够他俩半学期的学费和生活费了。老板说："没想到这么辛苦你们还能坚持下来，多的200块钱是我拿给你们买回学校车票的钱。"第二天，老板开车送他们去车站，并为两人买了袋水果。告别时老板说，下次还欢迎他俩过来。他俩笑着回答，下次放暑假还来找老板干活。

回到校园后，凭借这笔辛勤所得，他俩顺利支撑起了下半学期的生活，自此以后未再向家中索要生活费。大二的暑假，他俩依旧如约奔赴老板处打工。最后一次走的时候，老板开玩笑地说："你们要是毕业了没找到好的工作，就到我这里来当电工，我随时欢迎。"

2008年夏季，母永奇大学毕业，虽然他的毕业成绩门门课程都是优秀，可一到找工作的时候，就没那么顺利了。学校组织了好几场大型招聘会，每场招聘会母永奇和黄虎都像勤劳的小蜜蜂一样忙碌着，给多家用人企业投递简历，结果，这些简历全都石沉大海。后来，黄虎被浙江一家生产模具的企业录用了，母永奇却还没有找到合适的工作。看着身边的同学一个接一个都签了就业合同，母永奇心里急得像热锅上的蚂蚁。他甚至跑去求学校领导，想留校当辅导员，也没能成功。

最后，学校就业办公室联系了位于深圳石岩的创维集团，于是，他就和其他 40 多个没有找到工作的同学坐上大巴去了创维集团，培训完正式入职后，带队老师就走了。其他同学被分到不同的生产线，母永奇被分到了 SMT 电子贴片车间。这个岗位每个月基本工资 1800 元，平时加班按 1.5 倍工资计算，周末加班按 2 倍工资计算，节假日按 3 倍工资计算。在生产过程中，贴片机主要负责把各种元器件贴到一块电路板上，一块完整的电路板就做好了。然后要经过电脑检查，将有缺陷的电路板识别出来，这些不合格的电路板会被送到维修车间，经过人工维修检测合格后，再用于彩电、冰箱等家电设备上。母永奇就在维修车间工作，每天拿着电烙铁和焊锡丝修电路板。维修车间里有 5 个工友和一个班长，大家都对母永奇这个刚毕业的大学生特别好，热心地教他怎么换不合格的元器件，怎么焊接，以及一些要注意的地方。3个月试用期过去，母永奇已经能自己独立维修电路板了，还成了维修车间里的骨干。又工作半年后，许多同学因不甘于在流水线上打螺丝，都离职了，母永奇却还在坚守。

在一个寻常的周五下班后，母永奇满心计划着，待周六休息时，便去将自己在学校使用的手机号码更换为深圳当地的号码。与此同时，他已顺利向领导请好了春节回家的假期，心中盘算着待春节过后，便继续回创维上班。当晚，母永奇的手机屏幕突然亮起，一个陌生号码映入眼帘。他带着些许疑惑接通电话，听筒中传来的声音让他心跳加速，激动不已。竟是高中同学刘春坪。“你现在在哪儿呢？过得怎么样？”她的声音里透着关切与久违的亲切。母永奇强抑着内心的激动，简单向刘春坪讲述了自己如今的状况，话语间难掩兴奋：“真是太巧了，要是过了今晚，我换了手机号码，说不定咱们就彻底失联了。”说完，母永奇也关切地询问起刘春坪这些年的经历。原来高中毕业后刘春坪没有参加高考，选择了直接打工，去了县城的服装店当销售员，一直干到现在。母永奇半开玩笑地问道：“你结婚了没？”刘春坪轻轻地叹了口气，说：“家里给安排了好几次相亲，对方家境都还不错，可我都没同意。”两人沉默了片刻，母永奇鼓足勇气在电话里直白地问道：“要不咱们回家吧，回家结婚，你愿意吗？”刘春坪几乎不假思索地回应道：“我愿意，只要你愿意我就愿意！”于是，两人在电话中约定，春节回家时一同拜见双方父母，将他们准备结婚的打算告知家人。

大学毕业合影（二排右五为母永奇）

其实在母永奇大学三年的时光里，刘春坪每次从县城回家，村里人和亲戚们就会给她介绍对象，在他们看来，女孩子高中毕业就该嫁人了，不能再拖。可不管是谁介绍的，刘春坪一概不见。刘春坪舅舅家里的表妹比她小，都已经结婚生子了，舅妈也热心地给她介绍，她还是坚持不见面。舅妈就劝她，要现实点，母永奇这一上大学就是三年，谁知道他毕业后会不会回来娶她呢？女孩子的青春可耽误不起。

母永奇上高中那会儿去过刘春坪家，刘春坪的父母也见过他。后来，母永奇上大学前，刘春坪也到母永奇家去过，这样双方父母都察觉到两个孩子之间那微妙的情谊与默契，清楚他们相互喜欢、心有灵犀。所以，刘春坪的父母支持她等着母永奇，觉得女儿自己心里有数。可舅妈不这么想，她对刘春坪的母亲说：“可不能这般宠溺孩子呀，这事儿哪能说得准呢？万一母永奇大学毕业不回来，可就把咱孩子给耽误了。”岁月流转，刘春坪始终坚守着心底的眷恋。她的坚守，并非盲目，是基于他们曾经往来中的点滴默契，是对母永奇人品的深度信任。她以一种无声的力量对抗着外界的压力，静静地等待着远方那个身影归来。

第四章 苦乐相伴

春节的脚步渐近，母永奇怀揣着满心的期待与激动，乘坐长途汽车，历经漫长的旅途，终于抵达了苍溪县城。他没有依照惯例换乘下一趟车回家，而是脚步一转，在县城的街道上寻觅起来。最终，他的目光锁定了一家温馨的鲜花店，他毫不犹豫地踏入店内，精心挑选了一大束娇艳欲滴的玫瑰花，还选了满天星作陪衬。他径直朝着刘春坪上班的服装店走去。一路上，往昔的回忆如潮水般涌上心头，令他的脚步越发急切。还未靠近服装店，他便一眼认出了那个熟悉的身影。刘春坪站在那里，岁月仿佛为她增添了别样的韵味，她比高中上学时更加明艳动人了。此时，刘春坪也瞧见了母永奇，眼眸中闪过一丝惊喜，旋即带着灿烂的笑容，如一只轻盈的小鹿般从店里小跑出来迎接他。

母永奇的手中捧着一大束娇艳欲滴的玫瑰花，紫红色的玫瑰花在满天星的陪衬下更显温馨与浪漫。每一片花瓣都如丝绒般柔软，如少女羞红的脸。母永奇深情地注视着刘春坪，目光中满是爱意与坚定。在寒风凛冽中，母永奇温柔地向刘春坪诉说着心意，并郑重地提及，将依循村里传承已久的习俗，前往她的家中提亲，让这份爱情在传统的见证下，在亲人的祝福中，步入新的阶段，开启属于他们的婚姻序曲。

次日，刘春坪向服装店请假，与母永奇一同搭乘回家的班车。他们于五龙镇下车，此时距离母永奇的家还有一个多小时的泥泞山路要走。虽是冬雨淅沥，道路难行，可两人一路畅聊往昔的开心事，刘春坪笑意盈盈，未因路途艰辛而有丝毫抱怨。母永奇却心怀忐忑，他家境贫寒，在农村也属于较差的水平，没法与刘春坪以往的相亲对象的家庭条件相比，他不知刘春坪见此情形是否会决然离去。

原本一个小时的路程，他们足足走了两个小时才到家。全家人皆喜出望外，出门相迎，热情款待刘春坪。交谈间，母永奇与家人如实相告家中的状况，刘春坪亦亲眼看到母永奇家境之困。母永奇悄声地提醒刘春坪此时反悔还来得及，刘春坪沉思片刻，认真地看着他说："没关系的，结婚后我们俩一起努力。"母永奇从刘春坪坚定的目光中看到了真心，认定她就是自己此生的伴侣，决心努力相伴一生。

第二天清晨，母永奇送刘春坪到镇上，刘春坪乘车返回县城服装店。几天后，母永奇接到刘春坪的电话，得知她已致电远在珠海建筑工地打工的父母与弟弟，他们决定即刻返乡，商议他俩的婚事，争取春节前定下来。听到消息后，母永奇心中真是喜忧参半。

刘春坪的家，在嘉陵江边的鸳溪镇龙回村，家里是两层小楼房，条件比母永奇家不知好了多少倍。刘春坪父母从珠海回家的第二天，母永奇按照约定，带着订婚的礼物来到刘家提亲。那天晚上，刘春坪的家人热情地招待了母永奇，刘春坪的七大姑八大姨、舅舅、舅妈等亲戚朋友都来了，围着母永奇问长问短，他都实话实说，包括工作的情况和家庭情况。言语中，母永奇能感受到亲戚们对他的

刘春坪老家

评价不高，一个大学生没有固定的工作，却只能在工厂里打工。母永奇心里陷入深深的自责，他不怨亲戚们说话不好听，只怪自己没有能力，没有本事。待夜深了，亲戚们都散去，一家人围坐在火堆边，母永奇深吸一口气，仿佛将心中所有的勇气都凝聚起来，他的目光诚挚而坚定，看着刘春坪的父母，说："我们是高中同学，至今也有6年多的时间了，感情非常好，准备结婚，征求你们的意见，请你们放心，我一定会对她好的。”令人意想不到是，刘春坪母亲脸上带着和蔼的笑容说：“你们的情况我们都了解了，婚姻的事情你们自己做主，我们没有任何意见。”刘春坪父亲说：“家庭条件等你们结完婚以后一起努力，慢慢地改变，不要有压力，慢慢来，不着急。”“慢慢来”三个字成为那天晚上母永奇听到最多的词语。那一声声“慢慢来”，如同一股股暖流，流淌进母永奇的心田，让他在这个寒冷的冬夜，感受到了无尽的温暖与支持。

春节过后，母永奇返回深圳创维集团上班，想到每月 2000 元的工资难以满足存钱结婚的需求，家中也无力给予太多支持。此时，他也听到了之前辞职的同学在外面某某企业找到了工资更高一些的工作。他便与还在创维集团坚守的三位同学商议，决定辞职另寻高薪的工作。离开创维集团后，四人合租一间房，住上下铺，每人每月 200 元房租。他们白天带着毕业证和简历奔波于深圳、广州、东莞、佛山等地的人才市场，晚上回出租屋休息。如此持续一个多月后，深圳燎原玻璃有限公司同时录用了他们。老板是广东人，安排四人在不同的岗位学习，作为技术人才培养。母永奇被安排到玻璃钢化车间，师从一位钢化炉师傅，学习操作价值上千万元的设备。师傅月薪约 5000 元，老板要求师傅悉心教导，数月后让母永奇能够独立操作。母永奇深感机会难得，决心努力学习。

2009 年农历十月，家中来电催促母永奇提前回家成婚。母永奇带着攒下的 2.8 万元，提前两个月请假回乡筹备婚礼。2009 年的农历十一月初七，在亲人和朋友的祝福与期待中，他们携手并肩，步入婚姻的神圣殿堂。婚礼极为简单，母永奇家出了 1.2 万元彩礼，刘春坪家没给嫁妆，凑上 8000 元，把 1.2 万元的彩礼变成一张 2 万元的存单，交给了小两口。双方家长各置一套新衣，在农村家中摆了几桌酒席，总共花费不到 4 万元，甚至连婚纱照都未拍摄。至今，刘春坪常向母永奇念叨，让他以后有钱一定要补上婚纱照，而母永奇因工作繁忙始终抽不出时间，此事也成了他心中对妻子最大的亏欠。

婚后，刘春坪很快便怀孕了，当两家父母和小两口儿都在为新生命的孕育而喜悦时，孕检时的一个诊断——子宫纵膈症，如阴霾般骤降。这一病症，让刘春坪的怀孕与生产之路布满了荆棘，极大地增加了孕产的风险。母永奇始终坚定地站在妻子的身旁，用温暖的陪伴与悉心的照料，给予她力量和勇气。在那段艰难的时光里，每一次产检的忐忑、每一回身体不适的担忧，都有母永奇紧紧相握的手传递着无声的安慰。终于等到预产期，刘春坪在母永奇的精心陪护下平安地完成了剖宫产手术，直到听见儿子响亮的啼哭声，他们悬着的心才缓缓落地。新生命的诞生为这个家庭注满了爱，也带来了新的责任。

妻子刘春坪还在坐月子期间，母永奇已经应聘成功中铁隧道局集团，成为一名盾构机司机，参与宁波地铁 1 号线项目。

在宁波地铁 1 号线项目中，为了确保贯通节点能够如期完成，春节期间项目组决定不放假，同时为坚守岗位、放弃回家团聚的人员，发放 2000 元的奖励。盾构机主司机更是肩负重任，无法在春节与家人团聚。令人欣喜的是，春节过后不久，隧道顺利贯通。然而，大家并未有丝毫懈怠，旋即投入更为紧张的拆机、转场、装机以及调试工作中。对于初出茅庐的主司机母永奇而言，这无疑是一次极为难得的学习契机，能够借此机会对盾构机的各个系统与部位进行更为深入细致的了解。领导也十分信任母永奇他们，安排盾构机主司机担任拆装机班长，历经一个月的不懈努力，他们圆满地完成了盾构机拆机、转场、装机以及调试等一系列任务，盾构机已然蓄势待发。仍在宁波

宁波地铁1号线成型隧道

地铁1号线的项目里，上一条隧道作业时，他们开始学习之际，盾构机已掘进100米多，未曾经历盾构机始发阶段。盾构机始发是最为关键的时期，极易引发地面塌方事故。这次，他们要从起始阶段开启工作，既无师傅指导，又缺乏相关经验，只能严格遵循技术交底的要求，把控盾构机参数，因为担忧随时会出现问题，所以每掘进一环都对各个部位仔细巡查。最终，他们成功完成了盾构机的始发工作，顺利步入正常掘进阶段。

在上一条隧道掘进期间，尽管母永奇等人已学会操作盾构机，也掌握了宁波淤泥地层的控制参数，可地面沉降值的控制效果始终不及左线的日产小松盾构机。此次他们要下穿地面唐代古塔，沉降控制要求极为严格。于是下班后，母永奇和其他人便前往左线小松盾构机，跟随其操作司机研习操作方法与沉降控制手段。原来小松盾构机的土压控制方式是自动的，设定土压值后，当土压低于设定值时，螺旋输送机的出渣速度会自动降低；高于设定值时，则自动增加出渣速度。整个掘进过程中，主司机无须手动调节螺旋输送机转速，土压值保持平稳，地面沉降就能控制得很好。而母永奇操作的“中铁28号”盾构机，需依据土压值手动调节螺旋输送机转速，人工调节难以精准，致使螺旋输送机转速忽高忽低，土压值波动范围较大，导致地面沉降值不好控制。

找到问题根源后，在掘进过程中，母永奇等人越发专注于螺旋输送机转速的控制，双眼紧盯屏幕上的土压值，手始终放在控制螺旋输送机转速的旋钮上，持续不停地调节。渐渐地，土压值波动控制得越发精准，从最初的波动范围 ±0.1bar 逐步降至 ±0.05bar，最终稳定在波动范围 ±0.02bar 内。地面沉降值也由原来最大的 ±8 毫米

母永奇与“中铁 28 号”盾构机合影

降至 ±4 毫米，最终把地面沉降值牢牢控制在 ±2 毫米，甚至优于隔壁日产小松盾构机的控制效果。凭借这样的努力，他们安全顺利地穿越了地面文物建筑。隧道贯通时，专家们都惊叹在如此地层中，他们竟能将地面沉降值控制得如此出色。

2011 年底，母永奇接到妻子刘春坪的电话，说，家里一切都好，孩子已满一岁，有公婆照料。她打算春节后来宁波，在母永奇工地附近找份工作，也好互相有个照应。母永奇欣然应允。春节渐近，因项目不放假，母永奇只能选择留岗，他又没能和家人团聚。节后，刘春坪抵达宁波，母永奇申请了职工宿舍家属房，她也顺利入职附近饭店的收银员岗位，月薪约 2000 元，包吃不包住。此后，母永奇每日准时上班，刘春坪上班稍晚，下班也晚。母永奇常于下班后骑车去接妻子，两人无论到家多晚，总有彼此相伴的温馨，日子美满充实。转瞬一年过去，母永奇所在宁波地铁 1 号线 TJ- Ⅱ标三个区间隧道顺利贯通。春节前夕，夫妻二人顺利获批休假，为孩子购置玩具、礼品后，一同乘大巴踏上归家的旅途。

对于母永奇来说，距上次回家已时隔两年。两人刚到家门口，便看见儿子母芯玮站在那里。他俩满心欢喜地唤：“芯玮。”儿子却只诧异地盯着他们，旋即转身奔入屋内，口中呼喊着奶奶。奶奶抱着他出来，笑着说：“看看是谁回来了，是你爸爸妈妈呀，别怕。”他们忙上前问道：“芯玮，还认得我们吗？”儿子望着妈妈，似在思索。母永奇说：“来，让爸爸抱抱。”他却转头，哭着往奶奶怀里躲。刘春坪说：“来，妈妈抱。”他略一犹豫，伸出双手让妈妈抱了起来。走进屋里，一家人围着火炉坐了下来，聊了会儿家常。儿子芯玮与妈妈便亲昵起来。其间，奶奶多次指着母永奇问小芯玮，他只是摇头，家人都说：“这是你爸爸呀。”看到这一幕，母永奇的心中满是愧疚。儿子尚在襁褓，他便离去，归来时儿子已经两岁，能走会说，记忆里却无爸爸的身影。

母永奇转身取出行李箱中的遥控赛车玩具递给儿子：“这是爸爸给你买的，拿去玩吧。”小芯玮迟疑许久，不肯接手。奶奶劝道：“拿着，爸爸给你买了大赛车呢。”小芯玮还是不接玩具，奶奶只得接过再交给他。约半小时后，大人们继续闲谈，小芯玮在奶奶怀中抱着玩具静听。母永奇对儿子说：“芯玮，爸爸教你玩赛车。”于是母永奇拿出遥控器装好电池，让儿子把赛车放在地上，他先

母芯玮

演示，车在屋内穿梭，儿子追着跑。母永奇说："走，爸爸带你去院子里玩。"在院子里，母永奇把遥控器给儿子，教儿子怎么控制车子前进、转弯、后退。没一会儿儿子就学会了，在院子里跑来跑去。渐渐地，儿子跟母永奇熟悉起来，也开始喊他爸爸，让他抱了。那个春节，欢乐满溢。夫妻二人带儿子上街，购置新衣、美食，陪他玩滑

家庭合影（母永奇、母芯玮、刘春坪）

梯。路过照相馆时，一家三口合影留念，以便日后远行在外，思念之时可以拿出来看看。

春节过后，母永奇和妻子返回宁波继续上班。母永奇被调往宁波地铁 2 号线，那里离刘春坪上班的地方比较远，她便和店里的几个服务员在附近租了房子住。每逢休假，刘春坪都会到母永奇工作的工地看他，去他居住的集体宿舍打扫卫生，帮他清洗衣物、床单等，并一直持续到2014年宁波地铁2号线施工结束。在此期间，每年春节刘春坪都会回老家，母永奇则要依据现场施工的实际情况来决定是否回家，有时能回去，有时则不能。2013年，母永奇因表现出色，项目领导向公司提交报告，他被评为优秀劳务工，身份也由最初的短期派遣劳务工转为长期派遣劳务工。

2014年4月，母永奇接到公司调令，要调他去郑州地铁2号线工作。在调走之前，母永奇与刘春坪商量："我要调走了，你一个人在宁波上班，我实在放心不下，孩子也到了上幼儿园的年纪，每天都需要有人接送，你不如回家照顾孩子吧。"刘春坪回应道："就听你的安排吧。在你从宁波去郑州之前，咱们一起回趟家。"之后，刘春坪辞去了饭店的工作，他们一同回到家中。此时距离母永奇去郑州报到还有一周时间，刘春坪提出："听说房子要涨价了，趁你现在在家，咱们去县城看看房子吧。"

从2010年到现在，在宁波的四年时光，像是一段为了未来而默默奋斗的历程。母永奇每月领5000元薪水，刘春坪则在饭店辛苦劳作，月入2000元。一结婚两人便商量好，能省则省，全力攒钱在县城买房，只为孩子日后能够有更好的学习环境。母永奇在工地上每月仅花费 200 元饭费。他们仔细算了一下账，这四年间，两人辛勤劳作，省吃俭用，除了必不可少的电话费，几乎杜绝了一切额外花销，攒下整整 20 万元的存款。这些钱虽然远远不够全款买房，但付首付款还是没有问题的。于是，他们跑遍了苍溪县城的各大楼盘询问房价，发现大多数房子的价格在每平方米 5500 元左右。当时苍溪县城还未通铁路，也没有火车站，母永奇若要外出上班，只能前往广元市乘车，极为不便。于是，他们又前往广元市四处看房，没想到市里的房价反而比县里便宜，每平方米大多在 5200 元左右。最终，他们看中了广元市万源街道某小区的一套房子，总价 54 万元，首付 34 万元，剩余的 20 万元办理了 10 年期银行贷款。首付的 34 万元中，有 14 万元是双方父母的赞助以及他们向亲戚朋友借来的。

从此，他们终于实现了安家的梦想。自 2014 年购房，直至 2024 年 4 月 30 日，他们终于将房贷全部还清。在还房贷的漫长岁月里，妻子与儿子心中总有一份别样的感慨，他们常念叨，虽身处这房子之中，可因背负着银行的债务，总觉得它还不完全属于自己，唯有将欠款全部偿清，才能真正地在这屋檐下安心栖息。终于，还清房贷的那一天来临了。刘春坪满含喜悦地告知儿子，儿子眼睛骤然一亮，脸上瞬间绽放出灿烂无比的笑容，那笑容里满是纯粹的喜悦与兴奋。他兴奋地蹦跳起来，欢呼道："太棒啦！我们终于拥有自己的房子啦！"随后，儿子又迫不及待地拉着妈妈的手说道："妈妈，你一定要赶紧告诉爸爸这个好消息，我要祝贺你们，这么多年的辛苦没有白费。"那股子为父母骄傲与自豪之情溢于言表。

第五章 严峻的挑战

买完房子后，母永奇独自前往郑州地铁 2 号线项目。刘春坪则留在家里照顾儿子上幼儿园。一到郑州，母永奇便迅速投入紧张忙碌的工作之中。彼时，盾构机已组装调试完毕，蓄势待发，只等主司机就位。到了现场他才知晓，这是一台比他在宁波地铁项目操作过的“中铁 28 号”盾构机更为古老的盾构机——“中铁 2 号”，它是国产的第二台盾构机，已参与多条隧道的挖掘工作，显得颇为老旧。与它同期下线的“中铁 1 号”盾构机早已报废，其系统功能相较于“中铁 28 号”更是相形见绌，堪称“老古董”。旁边还有一台“中铁 7 号”盾构机正在组装。与母永奇搭班的主司机是一位仅学习了半年的新手，项目上总共就他们两名司机，相较而言，他算是有四年经验的“老司机”了。经过商议，母永奇上夜班，新司机负责白班，毕竟白天项目技术人员和领导都在，若出现问题能够及时协助解决。就这样，他们顺利完成了盾构机的始发。盾构机始发结束后，需停下来进行洞门封堵注浆工序。接着盾构机就给母永奇来了个“下马威”。白班司机完成始发掘进后便停机，安排工人开展洞门注浆工作，夜班时母永奇接班继续进行洞门注浆。在洞门注浆过程中，每隔一段时间就要启动刀盘，将盾构机向前掘进 2 厘米至 5 厘米，以防浆液凝固致使盾构机尾部抱死。但当母永奇依照要求启动刀盘向前掘进时，却惊觉刀盘无法转动，刀盘扭矩值超出了盾构机设计允许的最大值，进而自动跳停。整整一夜，母永奇不断尝试启动刀盘，左右来回转动，但均未能成功，急得他满头大汗。第二天一大早，项目机械总工来到主机室向母永奇了解情况，同时严厉斥责道：“你都是四年的老司机了，怎么能犯这种错误？”母永奇低着头解释，这种情况是首次遇到，白天停机后到洞门注浆完毕，他启动刀盘往前掘进的时间间隔仅两小时多一点，若排除洞门注浆的因素，那究竟是什么导致的呢？白天休息时，母永奇也难以入眠，一直在苦思冥想原因所在，却始终毫无头绪，只能寄希望于白班司机能创造奇迹，让刀盘尽快地转动起来。谁能想到，这次刀盘一卡住，竟然长达一个月之久。公司领导偕同各路专家赶赴现场，也是无计可施。

直到后来，众人抱着试一试的心态，从地面在刀盘前方打一排孔以松开土体。那天夜里，地面钻机进行打孔作业，母永奇在主机室持续尝试启动刀盘。渐渐地，刀盘有了转动的迹象，母永奇不断左右旋转刀盘，其旋转幅度越来越大。在连续尝试 4 个小时后，刀盘终于成功转动起来。后来公司才查明，此次事故并非操作不当所致，而是砂质地层本身不稳定、易收敛的特性引发的。在正常掘进过程中，刀盘扭矩就已达到最大值的 80% 左右，稍有不慎，刀盘扭矩便会超出最大值而跳停。即使在掘进结束时，刀盘扭矩也是降至最低后才停止转动，可只要中间停机超过两小时，刀盘就极难再次启动。这种情况后续又出现了好几次，足见砂质地层的极不稳定性和极易收缩性。最后公司规定，每隔两个小时主司机必须启动刀盘旋转一次，至刀盘扭矩降至最低时再停止。自此以后，再也没有出现过刀盘卡死启动不了的现象。

郑州地铁 2 号线建设期间，左线“中铁 7 号”盾构机突发严重姿态栽头状况。当时是白天，母永奇正在右线操控“中铁 2 号”盾构机平稳掘进。项目领导紧急传令，要求他即刻奔赴左线支援。接到指令后，他马不停蹄地赶到左线盾构机操作室，尝试向前掘进了片刻，却惊觉问题远比预想的严重，盾构机下沉之势不仅没有减缓的迹象，反倒越发猛烈。此地砂质地层颇为松软，盾构机刀盘又极为沉重，兼之推进油缸分组不合理，底部推力不足，往常掘进时底部推力即便开到最大，顶部推力减至最小，也仅能勉强维持盾构机的垂直姿态，主司机稍有不慎或操作偏差，盾构机便极易出现栽头险情。当时操控“中铁 7 号”的盾构机主司机是刚学没几个月的新司机，经验不足，未能及时察觉并调整，致使盾构机垂直姿态严重偏离隧道设计轴线。母永奇见势不妙，不敢贸然继续掘进，遂向项目领导如实禀报情况，并提议暂行停机。

项目经理迅速邀请公司专家，召集副经理、机械总工、土木总工、主司机以及值班工程师等所有相关技术人员，开会研究对策。会上，大家各抒己见，主要意见分为两

母永奇在郑州地铁 2 号线主机室留影

种：一部分人认为现在不敢再继续掘进，再掘进问题会更加严重，在没有找到合适的办法前应该停下来；另一部分人认为既然现在盾构机姿态已经这样了，停在那里姿态不会有任何变化，还浪费时间成本，应该继续掘进，在掘进过程中采取增加底部推力的措施。一时间，项目经理难以抉择。最后，项目经理对母永奇说："你是我们项目上经验最丰富、技术最好的主司机，这个难题还得你上，我们想听听你的意见。"母永奇站起来当着大家的面说道："按照目前的情况来看，我建议继续掘进，我有信心将盾构机的姿态给调整回来。在这种砂质地层中，停机时间越长，风险越高，到时候不仅要面对盾构机姿态偏离的问题，还会面临刀盘卡死、盾构机抱死的风险，到那时再想恢复掘进，难度更大。"项目经理听完母永奇的建议后，沉思良久，终下决心："就按母永奇说的继续掘进，我们也相信他能够将盾构机姿态调整回来，所有部门和人员都要全力协同配合。"

如此一来，母永奇像是立下了军令状，项目领导也将所有期望寄托于他身上。会后，项目领导一行人随母永奇步入隧道内的盾构机主机室，领导班子成员轮番在主机室陪着他。自那一刻起，母永奇便以主机室为家，掘进、用餐、休息都在主机室里，心中唯有一念，誓要将盾构机姿态调整回来。他再度尝试向前掘进，双眸紧盯导向系统屏幕上盾构机姿态的每一丝变动，全神贯注地操控着，缓缓向前推进了 2 环（每环 1.5 米）。此时，他察觉盾构机垂直姿态虽仍呈下降之势，还在继续向下，但栽头向下的速度有所放缓，他心想还是有点效果，应该很快就能调整回来了。于是他决定按照施工流程继续向前掘进，又往前掘进了好几环。不知不觉夜色已深，项目经理安排食堂将饭菜送至主机室，他抽空吃完饭，而后继续操作盾构机掘进。次日清晨，项目经理前来主机室替换夜班值守的领导，关切地询问进展如何。母永奇无奈地摇头，告诉经理现在盾构机刀盘虽然已经不再下沉，向下的趋势算是稳住了，但是始终抬不起头来，没法往上调整到正常轴线上来，他已使出了浑身解数，如果今天上午再不行，他也没有办法了。

项目经理神情凝重而又满含信任地用双手拍了拍母永奇的肩膀，语重心长地对他说："别怕，你就放心大胆地按照你的专业想法和操作方式往前掘进。出了问题，还有我们这些领导在前面顶着，你不要有过多的顾虑。要知道，盾构机姿态的调整，本就不是一时半会儿能够完成的艰巨任务。你从昨天一直奋战到现在，一定很累了，你先安心休息一会儿，我们再想办法。”

母永奇确实感到身心俱疲，于是便趴在操作台上缓缓闭上了眼睛，尝试着休息片刻。可内心的焦虑与思索又怎会允许他真正入眠？脑海中如同电影回放一般，他始终不停地回想着整个掘进过程中那纷繁复杂的参数情况。下部的推力已然用到了极致，上部的推力也几乎削减为零，好不容易才将那不断下沉的趋势勉强稳住，令人费解的是，为什么盾构机就是没有一丝抬头向上的迹象呢？隐隐约约之中，他总感觉下部的推力似乎就只差那么微不足道的一点儿，仿佛只要能给下部的推力再恰到好处地增加那么一点点，盾构机必定能够重新抬头向上，回归正轨。一想到这儿，母永奇就像被注入了一股强大的力量，立刻抬起头来，迅速转过身，迫不及待地对项目经理说出了他的大胆设想：“盾构机自身下部的推力已经毫无余量，在这种情况下，我们迫切需要借助外力来给予辅助。此刻恰恰就是差了底部这关键的一把力，我们可以在下部增设 2 根 200 吨的液压千斤顶来助力推进，并且在每次掘进的时候同时启动这两根液压千斤顶。要是两根液压千斤顶的力量还不够的话，我们后续还可以根据实际情况再加。”项目经理专注地听完母永奇的话后，毫不犹豫地立马回答道："好，我马上安排。"说罢，项目经理便疾步跑出洞外，心急如焚地打电话四处联系，询问市场上哪里能够找到200吨的液压千斤顶。经过多方询问，最终在兄弟单位幸运地找到了2根200吨的液压千斤顶。好在大家都在郑州，地理位置邻近，很快就将这2根液压千斤顶顺利地送到了工地。领导赶忙安排人员将千斤顶送进盾构机内，争分夺秒地抓紧时间进行安装调试。

待一切安装完毕，各项准备工作就绪，母永奇手紧紧握着对讲机，深吸一口气，毅然决然地启动了刀盘，他心中想：这关键的一搏，成败在此一举。此时，大家都怀着紧张而又期待的心情纷纷挤到主机室，神色凝重地紧紧盯着母永奇进行操作。母永奇全神贯注地启动了掘进按钮，同时将底部推力加到了最大值，而后通过对讲机向控制辅助液压千斤顶的同事果断地喊道："启动液压泵站，开始给液压千斤顶加力！"紧接着，他小心翼翼地控制着掘进速度与推力。时间在这紧张的氛围中缓缓流逝，一个小时过去了，然而盾构机姿态却依旧纹丝未动。见状，大家皆面露失望之色，纷纷摇头叹息道："这也没啥效果啊。"随后，大家便转身陆续地离开了主机室。唯有母永奇独自一

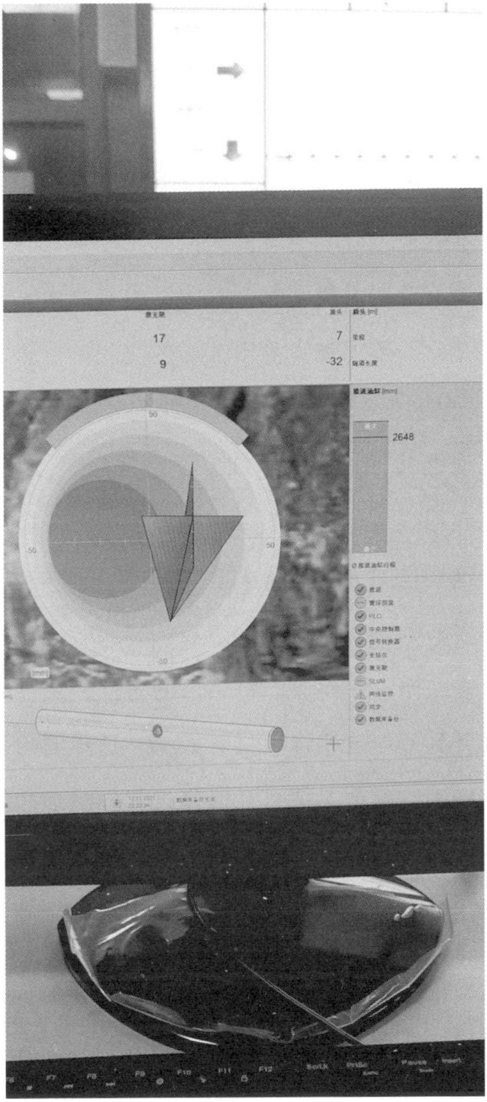

盾构机栽头姿态

人，仍然坚守在岗位上，目不转睛地盯着导向系统的屏幕，丝毫不敢有半分松懈。突然，他惊喜地发现，在导向系统的屏幕上，刀盘的垂直姿态竟然从 –90 毫米微微跳到了 –89 毫米。“有效果！快回来！”他兴奋得不能自已，不禁大声呼喊起来。大家听到母永奇的喊声后，又赶忙转身，跑回主机室。一时间，大家原本紧锁的眉头纷纷舒展开来，脸上都洋溢出开心的笑容。母永奇见状连忙说道：“大家先别高兴得太早，此刻还需按照这种方法持之以恒地继续掘进，绝不能有丝毫懈怠。”于是，大家迅速全身心地投入了各自的工作岗位之中。而母永奇，此时仿佛被这一丝曙光注入了无穷的精力，全然感觉不到丝毫的疲倦。

就这样，在白班即将结束的时候，刀盘的垂直姿态已经提升到了 –75 毫米。尽管如此，这样的抬头趋势还远远不够稳固，稍有不慎，在操作过程中出现些许差池，就极有可能前功尽弃。考虑到这一点，母永奇实在难以放心地将盾构机交给别的司机来操作，于是当天晚上他毅然决定继续亲自操作掘进。刚开始的时候，每掘进一环，姿态往上调整的幅度较为缓慢，只能调整回来 2 毫米至 3 毫米。但随着时间的推移，令人欣喜的是，往上调整的趋势越发明显且强劲，到了后来，每向前掘进一环，盾构机的姿态竟能够调整回来 5 毫米至 8 毫米。母永奇一直全神贯注、坚持不懈地操作着，直至第二天清晨，盾构机的姿态终于调整到了 −45 毫米。虽说尚未完全调整回隧道轴线，但整体趋势已经朝着良好的方向稳步发展。直到此时，母永奇才如释重负，长舒一口气，可以放心地将后续操作交付给其他经验丰富的主司机了。回到宿舍，母永奇整个人仿佛被抽空了一般，一头倒在床上沉沉睡去。那天，母永奇睡得格外香甜，到了吃饭的时候，都没有人忍心叫醒他。等母永奇缓缓醒来，已是晚上八九点了。床边的椅子上，不知是哪位细心的同事悄然为母永奇放置了饮料和外卖，让他在醒来的那一刻，感受到了团队的温暖与关怀。

第六章 出手不凡

2014 年 7 月，郑州地铁 2 号线第一个隧道区间艰难贯通后，项目又进入拆机、转场与装机阶段。一天，项目经理找到母永奇说，河南省将举办职工技能竞赛盾构机主司机技能大赛，称他是团队中技术最佳的司机，极力推荐他参赛。当时母永奇已担任主司机 4 年，心想正可借此机会了解一下自己与同行的差距，便欣然报名。两天后，母永奇接到正式参赛通知。此次大赛按赛制分为理论考试、现场实操、故障排除三个部分，分别以 30%、30%、40% 的比例计入个人总成绩。来自中铁隧道集团的 28 名参赛选手，其中有久闻大名的高手，也有参加过上一届大赛的选手。对于首次参赛且毫无准备的母永奇而言，心里只想着检验自身能力，并未奢望取得名次。

比赛过程中，母永奇始终沉着冷静。理论考试主要涉及盾构机各系统知识，他凭自身理解认真作答。现场实操环节对他来说较为轻松，他不慌不忙，依照裁判要求圆满完成。在故障排除部分，他更是凭借丰富经验，迅速找出故障点并成功地排除了故障。比赛结束公布成绩，他的理论考试成绩不太理想，仅排在第五名。过后他才得知其他选手都有理论试题库，唯独他没有。但母永奇的实操和故障排除分数都是第一，最终，他以 87.5 分的总成绩荣获冠军，斩获河南省 2014 年产业技能（系统）职工技能竞赛暨中铁隧道集团第八届职工技术比武盾构机操作工第一名。这次经历让母永奇深刻认识到自身的优势与不足，也为他的职业生涯增添了浓墨重彩的一笔。

比赛结束后，母永奇回归工作岗位，投身郑州地铁 2 号线第二个隧道区间的盾构机掘进作业。在第一个隧道区间的施工中，他们遭遇了诸多问题，通过总结经验教训，梳理出砂质地层盾构机掘进的操作要点与注意事项，

母永奇（前排左二）参加中国中铁第十四届青年技能竞赛盾构机械操作技能大赛获奖照片

并制定了相关工作制度。有了前期经验，第二个区间的掘进工作进展得更为顺利。

其间，项目经理找到母永奇，提及公司盾构机主司机人才紧缺，希望他能带出几个徒弟，待徒弟学成后，安排他到设备部担任盾构机维修保养工程师，负责 2 台盾构机的维护保养工作。想起自己当初学习盾构机主司机技能时的艰难与无助，母永奇毫不犹豫地应下了项目经理的请求。次日，机械总工领着两名刚从学校毕业分配到项目的大学生——韩亮和李帅，来到母永奇的主机室。首次带徒，母永奇决心倾囊相授，为他俩精心规划了详细的学习计划，共分为四个步骤：先从盾构机基础知识学起，涵盖结构构造、系统原理与结构图纸；接着学习盾构机维修保养知识；再深入学习盾构机操作技巧；最后上手实操，直至熟练掌握。

母永奇把自己昔日学习时所记的笔记，以及收集来的盾构机学习电子资料、相关书籍等全部交给了俩徒弟。每天上班，母永奇都会就相关知识对俩徒弟进行考查。盾构机维修保养之际，母永奇也让俩徒弟亲自动手实践。学习操作时，母永奇先让俩徒弟站在他身后，仔细观摩他如何操作，怎样处理掘进过程中出现的问题。待俩徒弟基本掌握要领后，母永奇才允许他俩上手操作，而在俩徒弟操作期间，他始终站在身后密切注视着。一旦他俩出现错误操作，母永奇会立即指出。若遭遇严重操作失误的紧急状况，母永奇会第一时间接手处理。如此一来，既能避免新手因错误操作引发严重后果，又能让俩徒弟在操作时保持镇定，安心地操控盾构机掘进。直至俩徒弟操作时几乎不再犯错，能够自行处理掘进中遇到的一些简单问题，母永奇才放心地让他俩独自值班操作。整个学习过程大约持续了 6 个月。在俩徒弟独自操作期间，每天下班后，他俩都会向母永奇汇报当天的掘进情况，以及在掘进过程中所遇到的问题和处理方式。若遇到无法解决的难题，俩徒弟会给母永奇打电话，而他都会第一时间赶赴主机室进行处理。在此过程中，不管是因俩徒弟操作失误导致的后果，还是在掘进时遇到问题无法自行处理，母永奇都不会加以责怪。母永奇告诉他俩："此刻你们所造成的问题，责任由我来承担，不懂的问题我会耐心解答，你们可以慢慢学。但日后独自走上主司机岗位时，务必要有高度的责任心。因为盾构机每向前掘进 1 毫米都取决于你们的操作，其他人不会进入主机室，更不会操控盾构机向前掘进。无论出现何种问题，我们主司机都责无旁贷。"就这样，随着第二个区间隧道顺利完工，到第三个区间隧道掘进时，俩徒弟已经能够独当一面，成为名副其实的盾构机主司机。

2015 年 5 月，郑州地铁 2 号线的 3 个隧道区间顺利完成了盾构机掘进工作。就在母永奇打算请假回家探亲之时，项目经理找到了他，称中国中铁总公司即将举行盾构机主司机大赛，鉴于他是上一次比赛的冠军，此次要代表隧道局集团参赛，此项赛事意义重大，需提前做好准备。没过几天，母永奇便接到了隧道局的通知，召集代表单位

师带徒（前一为母永奇）

参赛的4名选手进行集训。那段日子，他们四人白天在盾构机旁，手持图纸，悉心研究系统原理、各个零部件的位置与功能，模拟并处理盾构机出现的各类故障；晚上则聚在一起温习理论知识，常常熬至深夜。在此期间，母永奇学到了更多关于液压和电气方面的知识。半个月之后，中国中铁第十四届青年技能竞赛盾构机械操作技能大赛，在郑州盾构机制造基地中铁装备制造有限公司盛大举行。此次大赛，共有来自18家单位的72名选手参赛，汇聚了各个单位的精英力量。这次比赛的规模和涵盖范围堪称盾构机主司机行业的巅峰水准，在世界范围内也属一流。现今，该比赛已晋升为国家级二类职业技能大赛。面对更为强劲的对手，这一回，母永奇有备而来，全力以赴，誓以最佳状态和技术为团队博取好名次。然而，就在比赛前一天，母永奇接到了中铁隧道股份有限公司人力部打来的电话，通知他次日回公司参加优秀劳务工转为正式合同工的转正考试。公司每年都会吸纳优秀劳务工，通过考试转为合同工，可报名人数超过 200 人，每年仅 50 个录取名额，通过率不到四分之一。这般机遇对于母永奇而言极为难得，可他又要参加盾构机主司机大赛，时间相互冲突，他一时陷入了两难的境地。母永奇将情况告知带队领导，带队领导表示，隧道局下发了文件，规定只要在本次大赛中进入个人前 15 名的选手，可直接免试转正。对于母永奇而言，两边都至关重要，最终决定权在他自己手上。母永奇心想，倘若放弃参赛，不但错失一次锻炼自我的良机，而且他离开后，临时找来的候补选手可能准备不足，必然会影响单位的团体总成绩。他即使今年无法参加转正考试，明年也仍有机会。于是，母永奇拒绝了公司的转正考试，安心参加盾构机主司机大赛。比赛过程紧张万分，母永奇队成员发挥稳定，母永奇的理论考试成绩和实操成绩均个人排名第一。在故障排除环节，母永奇所在团队也在规定时间内完成了操作。按照评分规则，母永奇所在团队在故障排除环节每人理应是满分，可最终成绩公布时，他们每人都只有 90 分，大家都倍感诧异。仔细回想比赛过程，也找不出为何每人都被扣了 10 分。直至带队领导向总裁判询问情况后，他们才知晓，由于中铁四局精细化管理出色，本次团体第一名要归属中铁四局，所以他们隧道局每人被扣了 10 分，获得了团体第二名的成绩。而母永奇的个人总成绩也因此位居第二，与第一名的成绩相差 2 分。即便如此，这一次仍是隧道局在盾构机主司机这项比武大赛中所取得的历史最佳成绩，至今未被超越。

2015 年 7 月，比赛刚结束不久，母永奇和郑州地铁 2 号线的大部分同事便被集体调往郑州地铁 1 号线 2 期项目。此次，母永奇操作的盾构机换成了“中铁 23 号”盾构机，主要承担化工路站至铁炉站区间的掘进工作。该区间地面状况极为复杂，建筑物众多，有 20 世纪 70 年代的危房建筑群、陇海铁路线、铁路火车站以及郑西客运专线高架桥等重大风险源，盾构机要从这些建筑物下方穿过，一旦地面沉降控制稍有不好，就可能引发严重事故。面对诸

郑州地铁1号线2期隧道贯通

多重大风险，且区间地质为粉质黏土，母永奇感觉心里也没底。在最初掘进的100多米，母永奇等人还处于熟悉探索地质掘进参数的阶段。母永奇经总结发现，粉质黏土地层相比淤泥地层和砂质地层的稳定性更佳，但黏性强，易导致刀盘被糊住。刀盘一旦被糊，掘进时扭矩高、推力大、速度慢，严重时甚至需要停机，派人带压进入刀盘前方清理。不过，只要渣土改良工作到位，无论是掘进速度、各项参数，还是地面沉降都能得到很好的控制。渣土改良是在掘进过程中，通过管路向刀盘前方喷射泡沫、膨润土和水等，以改善渣土的流动性和塑性，达到稳固土体、便于出渣，并提高掘进效率的目的。主司机需依据掘进速度与刀盘扭矩来精准控制各管路的压力与流量，这个添加量的把控难度很大，就如同蒸馒头前和面，水加多了，面团稀了，水加少了，面团干了，不同的是，盾构机掘进时只能控制加水的量，却无法像和面那样加水后还能添面。母永奇在不同掘进速度下反复尝试，一点点微调各管路流量，逐步总结出不同掘进速度对应的最佳泡沫与水的流量值，制作成参数表分发给其他主司机，并对他们开展培训。大家依照母永奇的渣土改良方法操作，顺利地穿越了上述重大风险源，母永奇和徒弟李帅搭班还创造了郑州地铁建设史上 24 小时掘进 42 米的单日最高纪录，仅用 80 天就完成了该区间 1.6 公里隧道的掘进任务。

2016 年 2 月，母永奇被调往成都地铁 1 号线 3 期项目，负责操作“中铁 4 号”盾构机在 3 个区间的掘进任务。

他一到成都，便马不停蹄地投入紧张的盾构组装、调试与始发工作中。成都，这座被赞誉为“来了就不想走”的城市，对于他们隧道工作者，尤其是盾构机主司机而言，其复杂的地质条件却令人望而却步，许多盾构机主司机都不愿意涉足成都项目。而这次他所在的隧道处于泥岩、砂岩地层，其间还夹杂着砂层与砂卵石层，质地软硬不均，地下水压力更是超乎寻常。在掘进过程中，螺旋输送机喷涌现象极为严重。每当盾构机主司机开启螺旋输送机的仓门，甚至还未旋转螺旋输送机，水便裹挟着渣土喷涌而出，致使土仓内土压急剧下降。由于喷涌时主司机无法通过控制螺旋输送机的转速来控制出渣量，所以实际出渣量远超理论值，地面沉降较大，严重时甚至会引发地面塌方。公司调母永奇来成都，正是出于施工安全的考虑，大家认定他是公司技术最精湛的主司机，应对此等复杂情形非他莫属。

其实，母永奇也是初次遭遇这般复杂的地质，这无疑是一次严峻的挑战。要想严控地表沉降，杜绝塌方事故，关键在于控制住出渣量。只要在掘进时能抑制喷涌，盾构机主司机便能通过调控螺旋输送机转速掌控出渣量，故而核心在于解决喷涌问题。假定地下水每分钟的出水流量是

成都地铁 1 号线 3 期盾构机整装待发

一定的，唯有加快掘进速度，使每分钟进入土仓的渣土增多，并借助刀盘的旋转搅拌作用，达到一种平衡状态，就如同和面时添加更多面粉一般。然而，提升掘进速度并非单纯加大盾构机推力那么简单，而需依据盾构机的设计参数，综合确定刀盘转速、刀盘扭矩、总推力、土压值等参数的控制区间，摸索出一套适合该地层的掘进参数。母永奇进行多次尝试，逐步将掘进速度由 30 毫米 / 分提升至 40 毫米 / 分、50 毫米 / 分，当提速至 60 毫米 / 分时，他惊喜地发现螺旋输送机的喷涌现象几乎消失，出渣量也能很好地控制，刀盘扭矩值也不高，其他各项掘进参数也在可控范围内。而且掘进速度加快后，每日施工进度显著提升，可谓一举多得。在此过程中，母永奇等人还探寻到新型高分子聚合物材料，通过管路向刀盘前方添加，对抑制地下水喷涌，效果显著。

此后，项目上的其他主司机都依循母永奇摸索出的方法来控制掘进参数，工程进展得十分顺利。项目领导见状，便任命母永奇为项目盾构机掘进总负责人，全面掌管项目 4 台盾构机的掘进管理工作。同时，母永奇又悉心地带出 2 名徒弟。之后，他们的盾构机成功穿越兴隆湖湖底，地面沉降值符合要求，未出现地面塌方等险情事故，还提前一个月完成了该项目 2 个隧道区间的掘进任务。

2017 年 2 月，母永奇正在成都地铁 1 号线 3 期岗位上忙碌，突然接到公司调令，要他前往成都地铁 3 号线二三期 TJ5 标项目部助勤。原来，该项目部的盾构机即将下穿江安河，而此地层属于富水砂卵石地层，这种地层在掘进时本就极难把控，刀盘扭矩高，螺旋输送机易被卵石卡住，地下水流大时，喷涌现象就如同泥石流般严重。如今又要下穿河流，如果掘进操作不当，很可能在下穿时引发冒顶现象，河水会顺势流入盾构机土仓内，后果不堪设想。项目部的主司机们都面露难色，不敢轻易操作。公司领导当机立断，紧急调母永奇前来助力，以确保盾构机能安全下穿河流。

风险与压力并存。那段日子里，为了能迅速掌握砂卵石地层的掘进控制参数，母永奇白天坚守岗位，下班后也不休息，跟着夜班司机一同钻研探索，常常忙到深夜十一二点，才拖着疲惫的身躯返回宿舍。得益于此前在成都地铁 1 号线处理地下水大量喷涌的经验，他们很快就确定了大扭矩、高贯入度、快速掘进、严控出渣、稳定土压的操作策略，成功将掘进速度提升到 80 毫米 / 分。在砂卵石地层中，掘进速度越快，出渣量越容易控制。母永奇巧妙利用地面沉降的滞后性，在地面沉降尚未发生时，盾构机便已顺利穿越，再通过同步注浆和二次注浆技术，稳稳地控制住了地面沉降。最终，母永奇等人以这种方式操控盾构机安全、平稳地穿越了江安河，为整个工程的顺利推进奠定了坚实基础。

第七章 铭记与缅怀

2017年3月，母永奇正在隧道中全神贯注地操作盾构机，突然接到领导的通知，让他参加集团组织的清明节重返沙木拉达祭奠前辈先烈的活动。母永奇就急忙向领导解释："盾构机刚刚才越过风险源，工期十分紧张，现在正加紧掘进施工，我能请假不去吗？"领导却不容置疑地说道："你是咱们公司的劳动模范，这个活动你必须参加。"第二天，母永奇就踏上了从成都前往西昌喜德县的火车。从成都至喜德县，不到500公里的路程，即便最快的火车也需要 9 个小时左右。在如今高铁纵横的时代，这样的速度着实显得有些缓慢。但后来，母永奇才深刻体会到，这条成昆铁路的修建究竟经历了多么巨大的困难，其中又凝结了多少前辈们的汗水和鲜血。成昆铁路，它不仅是一条铁路，更是一段承载着历史与记忆的传奇。它的建设，是无数前辈们用坚韧不拔的毅力和无私奉献的精神铸就的。这里的每一寸铁轨都诉说着他们的故事，每一座桥梁都见证了他们的付出。

3 月 28 日，母永奇一行怀着崇敬的心情，乘坐火车从喜德县出发，前往沙木拉达烈士陵园。车厢内，一遍又一遍地播放着老成昆铁路建设的纪录片。当年参加老成昆铁路建设的建设者代表们，如今已是白发苍苍。他们坐在车厢里，静静地看着电视，回忆着当年的建设场景，脸上满是感慨。那些艰苦的日子，那些艰难的路段，那些难忘的故事……熟悉的画面和声音，仿佛将他们带回了那个激情燃烧的岁月。行驶了半个小时以后，列车在穿越沙木拉达隧道时，时间仿佛凝固了。整整 12 分钟，火车在隧道中缓缓前行，母永奇一行静静地感受着这一切，心中充满了对先辈们的敬意。

终于，火车驶出了隧道，烈士陵园出现在眼前。当母永奇踏上那片土地，他仿佛能感受到前辈们的气息，他们的精神在空气中弥漫。祭奠活动在激昂的鼓声与礼炮声中庄重地拉开帷幕。中铁隧道局集团董事长饱含深情地宣读祭文，随后与老成昆铁路建设者代表一同为修缮后的纪念碑揭幕。母永奇一行怀着沉重且敬仰的心情，对着纪念碑深深地鞠了三个躬，并为烈士陵园里的烈士们献上鲜花，以此表达对前辈们的深切缅怀。雄伟的纪念碑上，镌刻着“为有牺牲多壮志，敢教日月换新天”的豪言壮语，让人心中不禁涌起一股豪迈之情，也更加深了对前辈们的崇敬之情。

在祭奠的人群中，有烈士的后代家属，他们站在亲人的墓碑前痛哭流涕，久久不愿离去。然而，更多的烈士墓碑前却没有见到他们的后代，只有新一代的隧道建设者们。母永奇想，烈士陵园里的每一位烈士都值得被铭记与缅怀。你们的名字或许无人知晓，但你们的功绩将与世长存。于是，他认真地走过每一座墓碑，仔细查看墓碑上刻着的名字。当大家都转身离去时，母永奇没有跟大家一起离开，他仍在碑林里仔细查看，还剩最后一排墓碑没看完，他要看完所有的烈士。

想不到，在最后一排倒数第三个墓碑上，母永奇发现了一个从小母亲就让他铭记的名字——韩礼芳。那一刻，他的心情无比激动，但又不敢轻易确认，于是他马上拿出手机拨通了母亲的电话，告诉母亲他看到的一切，并拍下照片发了过去。离开烈士陵园时，母永奇一行回头望去，那片庄严肃穆的土地，那座巍峨耸立的纪念碑，将永远铭刻在他们心中。

没等到母亲那边的消息确认，回程的列车就已经出发。那是一段痛苦而又漫长的等待，母永奇坐在车厢内，看着窗外的景色如梦幻画卷般展开又掠过，那连绵的山川、广袤的田野、错落的村庄，似在进行一场匆忙的谢幕。时光如一条奔腾的河流，裹挟着他的记忆，汹涌向前。曾经那些或悲或喜，或忧或乐的过往，如潮水般奔涌而来，将他悄然淹没。

母永奇从未见过他的外公，他只知道外公在母亲很小的时候就离开了，然后再也没有回来。等他稍稍懂事时，每次去外婆家，他总是缠着外婆问外公的事情，外婆多是沉默，有关外公的事情仿佛是一个不可触碰的秘密。外婆的回避让母永奇的好奇心越发强烈。他更加追根刨底地询问外婆，试图从外婆那里寻找答案。每当这时，外婆就会很认真地告诉他：“你要记住，你的外公是铁路工人。”母

母永奇在烈士陵园中发现外公韩礼芳的墓碑

母永奇外公韩礼芳牺牲时的照片

永奇从未见过外公的照片，也不知道外公的年龄、长相、高矮胖瘦，只能通过外婆的讲述和自己的想象来拼凑外公的形象。母永奇想象着外公是一个高大威猛的男人，有着坚毅的眼神和宽阔的肩膀，为了国家的建设和人民的幸福，不惜牺牲自己的生命。

在时光的长河中，母永奇眼前时常浮现那个悲伤的场景。外婆怀中抱着1岁多的女儿，跟在外公的身后，一同走向村口，去送别即将踏上征程的外公。那是一个充满离别的早晨，阳光洒在他们身上，却无法驱散心头的阴霾。

外公的身影渐行渐远，最终消失在远方。这一走，竟成了永诀，外公再也没能回来。母亲比别人家的女孩更早地干起了家里的农活，上完小学二年级就再也没去过学校。母永奇上学的时候，母亲经常教育他要好好学习，多读书，不要像她一样不会写字。

4 年的时光匆匆而过，外公牺牲的噩耗却如晴天霹雳般传来。当外婆得知消息时，外公在铁路上牺牲已大半年，同行的工友带回他的被褥和生活用品，母亲说她只看到大人们伤心痛哭的场景，却不明白到底发生了什么。随着年龄的增长，母亲才渐渐明白，外公已经永远离开了她们。关于外公的一切记忆，都仿佛被定格在村口的一刹那。外公离开的背影，深深烙印在外婆的心底，成为她心中永远无法磨灭的伤痛与思念。

母永奇的童年时光里，每逢清明和过年，家里人都会进行祭奠，缅怀已逝的长辈。在每次的祭拜中，母亲都会叮嘱他："祭奠时别忘了你的外公，他叫韩礼芳，你一定要铭记于心。"就这样，在母亲无数次的反复念叨里，韩礼芳这个名字宛如刀刻斧凿一般，深深地烙印在他的脑海深处，难以磨灭。虽然那时母永奇对外公的了解仅限于这个名字，但它成了他与外公之间的一种特殊联系。随着时间的推移，这个名字在他的心中逐渐变得更加丰满。他记得在外婆的房间里放着一个红色木箱子，上面画有毛主席头像，在头像的下面写着“为人民服务”5个金黄色的字，外婆告诉他，那是外公留下的唯一的东西。后来，外婆家经历了几次房屋改造，现在已经住在了三层楼房里，虽然家里条件好了，但小时候他在外婆房间里看见的红色木箱，依然摆在外婆的床尾。

母永奇曾经问母亲，外公为什么要去建铁路。母亲说，或许是家中贫困所致，抑或是外公年轻时心怀梦想，渴望投身国家建设之中，个中缘由，无人能确切知晓。然而，无论出于何种缘由，外公毅然决然地背起行囊，投身筑路大军之中，那是一种无畏的选择，一种为了理想与责任的毅然前行。

后来，母亲回忆起那段往事，仍感慨万千。在她十五六岁时，家里迎来了几位神秘的客人，他们是外公单位的人。他们带来了外公的抚恤金，并表示家里的孩子可以去单位继承外公的工作。然而，对于外婆来说，母亲没读过书，而且是个女孩子。或许外婆不想再经历外公那样的事情，因此没有同意母亲去铁路上班。尽管母亲心里十分渴望能够继承外公的工作，但她也无法改变外婆的决定。在那个年代，家庭的意见往往起着重要的作用，母亲只能无奈地接受这个现实，这也成为母亲心中永远的遗憾和回忆。

时光荏苒，母亲已经长大，组建了自己的家庭，随着国家经济的蓬勃发展，生活也日益富足起来。然而，当年外公牺牲时，由于当时的交通和通信条件所限，他们只收到了外公的遗物，却对外公究竟牺牲在哪里，以及墓地在何处一无所知。

寻找外公墓地的愿望，始终萦绕在他们心间。随着岁月的流逝，外婆年纪越来越大，记忆也逐渐模糊，关于外公的往事，她能回忆起来的越来越少。

当年给外公带回遗物的工友，成为他们唯一的希望。母亲不辞辛劳，四处打听，历经周折，终于与这位工友取得了联系。如今，那位工友已经退休在家，他向母亲详细讲述了当年的事情经过。原来，外公牺牲在喜德县境内的沙木拉达隧道附近，而他当年所在的单位是铁二局十二处。工友担心地说，时间过去这么久了，估计当年的小坟包早已不存在了，也许长满了荆棘树木，也许下雨山洪冲没了，也许早已被附近的村民破坏掉了，去了也不一定找得到。工友的话，让母亲对外公墓地的现状充满了担忧。

当年的小坟包可能真的被岁月侵蚀，被自然掩埋，已不复存在……她想象着那个可能长满荆棘树木的地方，或者是被山洪冲没的痕迹，心中充满了无奈和遗憾。但母亲仍然决定，无论如何都要去外公牺牲的地方看看，哪怕只是找到一些曾经的痕迹，哪怕只是默默地献上一束鲜花，表达对外公的思念之情，也能让心灵得到一丝慰藉。

终于，母永奇接到了母亲的来电。母亲告诉他，经过和外婆确认，那里埋葬的正是他的外公。电话那头，母亲的声音已经哽咽。其实，早在多年以前，母亲急切地逢人便打听喜德县沙木拉达的位置。母亲四处询问，得到的答案五花八门，有人说喜德县在河南，有人讲在四川，还有人认为在云南，甚至有人称在广东。由于这些说法各不相同，母亲完全没了头绪，寻找的线索变得混乱不堪，无奈之下，她只能暂且停下寻觅的脚步。母亲为寻找墓地所做的一切，并没有告诉年轻一辈，直到后来，母永奇有幸来到了喜德县沙木拉达，找到了外公的墓地，母亲才告诉他以前搜寻到的消息。如果母亲早点告知外公在喜德县沙木拉达，他们一家也不用苦苦地等这么多年。母永奇深知，对于走出大山的年轻人来说，是很轻松简单的事情，可能对于他们那个年代的人来说，真的很难。

母永奇与外婆在外公当年修建的隧道口合影留念

母永奇收到确认消息后，内心的激动难以言表。他迫不及待地想要与身边的人分享这个好消息，让他们为自己高兴。后来，他再也无法抑制内心的激动，将这个消息告诉了公司领导。领导也为母永奇感到高兴，并向他的家人表示慰问。领导当即邀请他的家人前来祭奠，以表达对烈士的敬意。母永奇将领导的问候转达给了家人，家人决定带着年迈的外婆立即前来祭奠，以完成一家人半个世纪以来的心愿。

3 月 30 日夜里，母永奇在喜德县火车站接到了外婆和家人。他们连夜赶路，虽然疲惫不堪，但难掩即将见到亲人墓地的激动心情。母永奇小心翼翼地扶着年迈的外婆上车，他感觉外婆走路缓慢无力，说话时还总是喘着气，这让他十分担心外婆的身体状况。回到酒店后，母永奇安顿好家人，让他们休息。家人决定第二天一早便去外公的墓地。

第二天清晨，天还未完全亮，公司安排的车辆已停在门口。母永奇带着外婆和家人匆匆地吃了点早饭，便踏上了前往烈士陵园的路。这次他们乘坐公司安排的车，行驶在蜿蜒陡峭的山路上，这让母永奇再次深刻体会到成昆铁路修建的艰难与意义。泥泞的土公路，高耸入云的大山，一切都光秃秃的。原本半小时的火车车程，开车却足足用了4个小时才抵达目的地。好在开车的老师傅驾驶技术娴熟，一路上并未有剧烈的颠簸。外婆的精神状态也挺好，这让母永奇心中的担忧稍稍减轻了一些。

来到烈士陵园，母永奇扶着外婆，给她讲述着这次活动的具体过程，以及眼前耸立的纪念碑上刻着的烈士名字。外婆虽然连连点头，但她急切想见外公的心情还是难以掩饰。外婆从包里掏出外公年轻时的照片，放在胸前。这是母永奇第一次见到外公的照片，黑白的照片上，外公是那么年轻、精神。

外婆缓缓地告诉母永奇，这是外公仅有的一张照片，原本只是一张一寸的照片，这张大的是母亲拿去照相馆翻拍的。母永奇扶着外婆走上阶梯，穿过树林，来到了外公的墓前。还没等他来得及说出是哪座墓碑，外婆已经看到了墓碑上的名字。80多岁的外婆跪在墓前，泪水早已模糊了双眼，母亲也跪在墓前，泣不成声。母永奇能感受到她们此刻内心的痛苦，半个世纪过去了，亲人再次相见，却已阴阳两隔。这么多年来，她们对外公的思念之情，在这一刻都化作了无尽的泪水。最后，母永奇带着外婆来到了当年外公参与修建的成昆铁路最长的沙木拉达隧道洞口，

沙木拉打（达）隧道通车照片

合影留念。

归途中，母永奇和家人的心情久久难以平静。他不禁思索着，无论这一切是冥冥中的安排，还是惊人的巧合，他终究还是找到了外公的墓地。如果他未曾在如今的公司工作，如果公司没有组织这次缅怀先烈的活动，如果他没有参与其中，那么找到外公墓地的机会便微乎其微。令人意想不到的是，他如今所在的公司，中铁隧道局集团的前身，竟然正是外公当年工作的单位——铁二局十二处。如此众多的巧合，如此众多的不可思议，却都发生在他的身上。他默默地在心里与外公对话：外公，如今我们一切安好，愿您安息。在您那个肩挑背扛、钢钎大锤的时代未能完成的任务，就放心地交给我们这些新时代的隧道人吧！我一定不会忘记你们的沙木拉达精神，一定会沿着您的筑路之梦坚定地走下去。这次陪家人祭奠外公，让母永奇对工作有了更深的理解和感悟。他明白，自己所从事的不仅是一份工作，更是一份责任和使命。

第八章 征服『狮子洋』 吹响『春风号』

早在2016年10月，公司于广州施工的佛莞城际3标狮子洋隧道项目开工之际，就一再给中铁隧道股份有限公司打报告，申请将母永奇调过去。彼时，佛莞城际3标项目设立了母永奇劳模创新工作室。然而，成都地铁项目领导以地质状况复杂，且盾构机老旧，需母永奇亲自操控为由，未予批准。直至2017年5月，成都地铁项目的盾构区间全部安全顺利贯通，母永奇才得以南下，投身广州佛莞城际3标项目。该项目隧道全长6476米，运用一台直达 13.61 米的超大直径盾构机“狮子洋号”进行施工，此隧道为当时世界上最大直径的水下铁路隧道。在施工进程中，“狮子洋号”需于超过 1800 米的复杂地层中下穿珠江，线路最大埋深 64 米，最高水压达 0.9 兆帕，在水下长距离穿越上软下硬、破碎带、全断面硬岩、高富水砂层等不良地层，盾构机施工面临滞排、堵仓、姿态不稳、刀具异常损坏、掌子面失稳、海水倒灌等诸多高风险挑战。

当时，国内盾构机制造技术尚无法生产如此大直径的盾构机。在国内大直径盾构机发展的初期阶段，特别是配备常压换刀功能的常压刀盘盾构机制造技术尚未取得突破，只能依赖国外进口。“狮子洋号”便是从德国海瑞克公司进口的，它采用了常压换刀盘的先进技术。对母永奇而言，如此大直径的盾构机前所未见，并且与他在地铁项目中操作的土压平衡盾构机，采用螺旋输送机和皮带出渣截然不同。“狮子洋号”是泥水平衡盾构机，掘进中产生的渣土由泥浆携带，经管路输送至地面，再通过泥水分离设备分离渣土与泥浆，分离后的泥浆又经管路返回盾构机循环利用，在此过程中还需借助泥浆稳定开挖面。母永奇以前没有操作过，毫无经验，必须从头学起超大直径泥水平衡盾构机掘进操作技术。

“狮子洋号”盾构机整装待发

初到项目时，项目领导未明确母永奇的具体岗位，也没有安排具体的工作。要想学会泥水平衡盾构机操作，唯有靠自身努力自学。于是，他如同最初学习主司机时那般，每日深入盾构机内部，对照图纸研习各个系统，探究其工作原理与作用，最后进入主机室摸索操作方法。待进入主机室他才发觉，电脑屏幕上的操作系统与国产盾构机大相径庭，各类按钮与操作方式极为复杂，复杂到需要 2

名盾构机主司机协同配合才能完成掘进操作任务。

当时负责操作盾构机掘进的是德国海瑞克公司派遣的2名主司机。他们每日严格遵循上下班时间，进出隧道还需项目部专车接送。在掘进作业期间，两人闭口不谈工作，也不与项目部人员交流互动，更不许中方人员参与操作，学习人员只能在其身后默默观看。一旦盾构机出现故障，他们便独自悄然处理，从不让中方人员介入，甚至在故障排除、设备恢复正常运行后，学习人员都毫不知情。想要从他们那里获取知识与技术简直难如登天。依据售后服务合同，2名德国主司机需为盾构机掘进保驾护航1公里。母永奇到项目时，剩余里程已不足200米，其离开之日渐近，之后必须由中方司机接手操作掘进。于是，在德国主司机操作掘进时，中方主司机全神贯注地仔细观察，翔实记录每一个操作步骤。下班后，大家齐聚工作室，深入剖析研究德国主司机的操作顺序与方法。与此同时，盾构机的各个系统也已被大家钻研透彻，只待实操检验的机会来临。

然而，德国的主司机却一直不让中方主司机操作盾构机，这可如何是好？母永奇不禁回想起最初学习开盾构机时，自己与师傅们搞好关系的经历。经过观察，母永奇发

母永奇（左二）带领的“狮子洋号”主司机团队在主机室合影

现 2 位德国主司机上班时酷爱喝咖啡，而且每日都要喝好几杯。于是，他们几个学习的主司机每天上班时，都会买好咖啡带进隧道，给德国主司机每人准备两杯，上午一杯，下午一杯。渐渐地，大家越来越熟悉，德国主司机也开始和中方主司机们频繁地开玩笑、聊天。在交流中中方主司机们才知晓，德国主司机在国外驾驶盾构机才掘进完成了一条隧道，就到中国来指导隧道掘进施工。与中方主司机们相比，德国主司机掘进的隧道数量和公里数差得很远，在他们眼中不过是新手罢了。随着相处渐深，在掘进过程中，德国主司机总算同意让中方主司机们上手操作了，不过仅限于某个系统。而且，即使中方主司机们操作时有误，德国主司机也从不加以指导。不过，这机会已实属难得。就这样，中方主司机们今天操作掘进系统，明天操作泥水环流系统，每天轮换不同系统进行练习，直至熟练地掌握每一个系统。待德国主司机任务结束离开时，中方几个主司机都已能够娴熟地操作盾构机了。

在佛莞城际铁路狮子洋隧道施工进程中，母永奇他们遭遇的最大难题就是刀具磨损快且更换频繁。狮子洋隧道的全断面硬岩地层段总长度达 2380 米，占隧道总长的 48.5%，其中岩石最大饱和抗压强度高达 75.7 兆帕。在此种情况下，刀具磨损快，更换量巨大。当时现场所采用的德国海瑞克公司制造的盾构机，其常压换刀盘技术在国内尚属首次应用，该刀盘的刀具尺寸大小与安装方式均与国内用的常规刀盘不同。由于与之匹配的刀具在国内既无制造经验也无使用先例，无奈只能从德国进口，而每把刀具的进口价格高达 6.8 万元。在全断面硬岩、上软下硬地层

母永奇在操作盾构机

以及断层破碎带等不良地层工况下，这些进口刀具显得耐磨性差，以致更换频繁。并且，因其受技术保护，且处于垄断地位，致使刀具采购周期长，给项目带来了极为沉重的成本压力。此外，每次国外发货的刀具数量与时间皆由外方掌控，现场常常因刀具库存告急、国外发货延迟而陷入焦灼，严重限制了项目的施工进度。

为突破困境，项目部与3家国内刀具生产厂家携手合作，针对更换下来的国外刀具，展开拆解测绘工作，深入探究国外刀具的制造材料及工艺。通过对测绘结果与现场使用状况的综合分析，剖析国外进口刀具的优劣之处，国内企业取其精华，去其糟粕，全力攻克刀具技术与制造难题，进而成功研制出具有独立知识产权的适合常压刀盘使用的刀具。但在刀盘上安装进行掘进试用时，刀具使用效果并不尽如人意。在相同的地质条件下，国外刀具可掘进约 20 环（30 米）才达到磨损极限需更换，而国内生产的刀具使用寿命仅约 12 环（18 米），与进口刀具相比差距明显。

于是，母永奇引领工作室成员在施工现场的盾构机上对不同材质、类型以及不同厂家生产的盾构刀具开展现场试验，详细统计刀具使用时间与磨损数据，进行筛选优化。依据刀具现场试验所暴露出的问题与不足之处，项目部联合厂家持续对刀具各部位进行设计优化与制造工艺改良，以实现提高使用寿命的目标。与此同时，母永奇在掘进过程中不断总结掘进参数，探寻何种参数设定能延长刀具使用寿命。历经长达 10 个月的刀具革新优化历程，近 6 代刀具实验改进，并通过优胜劣汰的方式，最终成功研制出高性能新型镶齿滚刀。该滚刀由刀体、挡圈和镶齿合金刀圈构成，有效提高了刀体的耐磨性与冲击韧性，实现了刀具国产化的重要突破。厂家不仅将刀具成本降至5万元一把，其使用寿命更是大幅提升至掘进60环（90米）才需更换。要知道，每次换刀时，盾构机都需要停机进行更换，而这款刀具的应用，成功打破了国外技术垄断，使每把刀具的采购价格降低了26%，同时显著提高了刀具使用寿命。在全断面硬岩掘进过程中，随着刀具使用寿命的延长，换刀次数大幅减少，这为盾构机掘进施工节省了大量时间，盾构机掘进效率提升了66%，远超国际先进水平。在全断面硬岩地层条件下，若采用13米直径的大直径盾构机施工1000米的隧道，可节约刀具成本1500万元以上。

2018年初，母永奇被项目领导调入运行管理部（筹备），负责项目运管系统中物资管理模块、设备管理模块以及配件管理模块的搭建、设计与大数据成本分析等工作。身为盾构机主司机的他，由此开启系统开发知识的学习之旅。他们成立了6人的系统开发团队，在那段日子里，加班至深夜成了常态。历经约一年的不懈努力，母永奇及团队成功完成项目运行管理系统的开发工作，并在佛莞城际项目首次投入使用，为项目施工管理提供了强有力的数据支撑，在项目信息化建设进程中作出了巨大贡献。

母永奇团队创新研发的新型镶齿滚刀

2019 年 5 月至 7 月，应项目领导要求，母永奇参与了两个项目的技术标编制投标工作。在水资源 B4 标项目中标后，他作为项目部前期设备负责人，积极组织并配合完成了一系列关键工作，包括项目前期临时用水、临时用电调查，租赁设备市场调研，编制施工组织设计、设备配置及总控计划、临时用电方案、临时用电招标文件、开工审批资料等关键性报审材料，全力服务项目管理工作。

2019 年 11 月，公司将母永奇调往深圳春风隧道项目工作。当年，春风隧道是国内在建直径最大的盾构隧道，其工程线路全长约 5.08 千米，盾构隧道全长约 3.6 千米。春风隧道地理位置极为特殊，处于深圳罗湖与福田两区交界处，从其路线来看，入口所连接的滨河大道作为深圳城市主干道之一，车流量极为庞大。

春风隧道采用创新设计，是深圳首条“单洞双层”结构的机动车隧道，同时也是深圳首条运用盾构法施工的市政公路隧道。该隧道建成通车后，会与现有的春风高架一同构建起深圳市东西向的复合通道，使春风路段通行能力提升一倍左右，成为深圳市“东进拓展、中轴提升、西部优化”交通战略中至关重要的组成部分。

春风隧道施工采用了我国自主研发的超大直径泥水平衡盾构机“春风号”。这台“春风号”泥水平衡盾构机，由中铁装备、中铁南方投资集团、中铁隧道局、盾构及掘进技术国家重点实验室四家单位联合研制，于 2018 年 9 月在郑州顺利下线，并在 2019 年 8 月于深圳成功始发。该设备开挖直径达 15.8 米，其直径相当于 5 层楼高，这一尺寸在当时国内是最大直径。“春风号”盾构机总长 135 米，

母永奇在盾构机上检查维修时的照片

总重 4800 多吨，总功率超 1.15 万千瓦，比“复兴号”高铁的总牵引动力还高出 10%，其推力更是高达 2.46 万吨力，约为我国最大运载火箭“长征五号”的 24 倍。此项设计的制作工艺已达全球领先水平，并被列入国务院国资委“2018 年度央企十大创新工程”之中。

当时，国内超大直径盾构机几乎全部依赖进口，国内

“春风号”盾构机刀盘顺利下井

制造厂家尚无法自主生产，如同佛莞城际铁路狮子洋隧道所采用的德国海瑞克盾构机那般，盾构机的成本高，成为制约我国超大直径隧道开挖工程的关键因素。而国产品牌大直径（15.8 米）“春风号”泥水平衡盾构机的成功研发，标志着中国盾构设备设计与生产正式迈入高精尖领域，彻底打破了超大直径泥水盾构机国外品牌长期以来的技术垄断。与此同时，在超大直径泥水平衡盾构机的设计制造过程中，攻克了一系列关键共性技术难题，孕育出一批拥有完全自主知识产权的创新成果，极大地完善了超大直径盾构机基础设计理论体系，促使我国重大高端装备技术水平显著提升，逐渐成为极具潜力的战略性新兴产业。“春风号”是技术创新的结晶，不仅能够充分满足国内超大直径隧道建设需求，更是中国盾构机制造技术跻身世界先进行列的关键里程碑。“春风号”的研发历程长达数年，凝聚了众多科研机构与企业的心血与不懈努力。从最初的设计构思，到样机的精心打造、细致调试，再到最终的成功问世，每一个环节都充满着挑战。它的诞生，成功填补了中国 15 米级别大直径泥水平衡盾构机领域的空白，宣告中国盾构机的设计制造已踏入高端阶段，有力推动中国地下空间开发工程装备领域向着制造强国奋勇迈进，荣登国务院

“春风号”盾构机

母永奇（二排左八）工作室团队与“春风号”盾构机合影

国资委“2018年度央企十大创新工程”榜单，实至名归。

当母永奇得知自己将驾驶国内最大直径的盾构机“春风号”进行掘进作业时，他内心满是激动。这是国内生产的首台大直径盾构机，且首次应用于春风隧道，诸多技术还不成熟。能否顺利完成春风隧道的施工，成为检验这台国产超大直径泥水平衡盾构机性能优劣的关键所在。设备制造厂家对此极为重视，专门派遣技术团队驻扎现场，以便及时发现并解决问题。母永奇深感压力如泰山般沉重，它毕竟是货真价实的国之重器，若要娴熟驾驭，就必须对其各个系统和构造了如指掌，对各项性能指标参数烂熟于心，唯有如此，在操作过程中才能做到精准控制。尽管泥水平衡盾构机的基本原理相似，但其构造和操作系统与国外盾构机相比，还是有不同之处，设备性能也有一定的差距。这些差别，需要主司机凭借精湛的操作技术来弥补。在前期的两个月里，母永奇每日全身心地投入熟悉盾构机和钻研图纸之中，他必须拿出最佳的状态、最精湛的操作技术，用心去操控它。

在隧道施工中，盾构机穿越深圳罗湖老旧建筑区域时挑战重重。该区域结构复杂且低矮房屋林立，沉降控制要求严格。施工时需要解决不断变化的地形条件、脆弱的岩石构造、混乱的岩质分布，以及持续出现的糜棱岩侵蚀问题，也面临着刀盘淤泥堆积堵塞、震动加剧、刀具快速磨损等问题。其中，地层变化频繁、刀盘结泥滞排和泥浆管路严重磨损且维护耗时久，是最大的难题。当泥水平衡盾构机遭遇黏性糜棱岩或黏土地层时，因常压刀盘开口率偏小，掘进中常出现仓内积渣滞排，导致刀盘结泥饼、扭矩上升、掘进速度降低、刀具因升温而加剧磨损等一系列问题。母永奇带领工作室团队深入探究盾构机掘进过程中渣土流动规律与积渣高发部位，发现积渣滞排的主要原因是泥浆的携渣能力不足与泥水循环方式不当。于是，他们对不同黏度、比重的泥浆展开反复试验，最终确定了膨润土泥浆的最佳参数。掘进时，要求技术员实时监测泥浆比重与黏度，不达标时及时调整。他还与几位主司机一同摸索泥水循环方式，包括掘进过程中进浆量和排浆量多大合适，刀盘和泥水仓冲刷管路的压力和流量设置多大合适，每次开启的冲刷时间多长，冲刷顺序该怎么设置等。经多番尝试，母永奇及团队最终总结出“三进三出”循环洗仓法，要求主司机在每次掘进前后都要依此进行10分钟的泥水循环洗仓操作。该方法有效攻克了盾构机掘进中仓内积渣滞排的难题，大幅提高了掘进效率，降低了刀盘结泥饼的风险，保障了掘进中参数的稳定与泥水仓内压力的平衡，同时减少了盾构机刀具磨损，有力确保了施工质量及安全。在此基础上，母永奇及团队总结提出“一种应对大直径泥水盾构仓内积渣的施工方法”，并荣获国家发明专利。

与此同时，母永奇及团队还对泥浆管路磨损漏浆这一难题展开了研究。泥浆管路采用直径500毫米、壁厚20毫

母永奇（右一）在操作“春风号”盾构机

米的钢管，管路内的泥浆携带着掘进产生的渣土与石子，以每秒 3 米的流速运动。长时间运行下，管壁难免遭受磨损，前期安装的管路更是磨损极大，磨穿漏浆现象时有发生。一旦出现此类情况，盾构机就得停下来进行维修。通常的维修方法是在漏浆部位补焊钢板，类似打补丁，每次补焊耗时 2 小时至 3 小时。这种方式不仅耗时漫长，严重

母永奇在操作“春风号”盾构机

影响了盾构机掘进效率，而且人工补焊，焊接质量难以保证，常常出现刚修补完，再次启动又漏浆的状况，不得不再次停机焊接。随着隧道掘进距离与时间的增加，泥浆管路磨损漏浆问题越发严重。

为此项目专门成立了泥浆管路维护班组，负责巡查维护泥浆管路。若能找到一种快速维修磨损漏浆的泥浆管路方法，就能大幅提高盾构机施工效率。于是，母永奇和工作室团队查阅了大量关于带压管路或管道泄漏快速维修的资料，最终在国外网站上找到了一种名叫“哈夫节”的装置，比较适用于他们泥浆管路漏浆的快速维修。他们在此基础上，对其外观尺寸、安装方式、密封形式等多方面加以改进，成功研发出一种新型泥浆管路抢修装置。该装置能更加快捷、有效地处理盾构机泥浆管路磨损问题，发现漏浆后，仅需两人花费 20 分钟即可完成维修，且密封效果良好，无漏浆现象，无论是管路中间部位还是接头位置漏浆，均可使用。这一创新成果在深圳春风隧道工程中得到成功应用，有效提高了泥浆管路堵漏效率，减少了不必要的停机处理时间，且成本低廉，共节约成本 54.5 万元。

在深圳春风隧道的工作阶段，母永奇驾驶着“春风号”盾构机，成功地将地表沉降控制在 3 毫米以内，从地底顺利穿越了罗湖那片老旧建筑物的密集区域。盾构机克服了地层变化频繁、刀盘结泥导致滞排、盾构机刀具以及泥浆管路磨损严重、换刀和管道维护耗时长等重重困难。并且，先后成功穿越了市政管线、桥梁、地铁 9 号线、布吉河、高层建筑等诸多风险源，这充分佐证了国产盾构机的性能丝毫不逊色于国外的盾构机。

2020 年 3 月，项目领导向公司提交了报告，提议母永奇担任项目机械副总工程师兼盾构机主司机的职务，让他主要负责盾构机掘进的技术管理工作，涵盖掘进参数分析、刀具异常损坏分析以及刀具管理等工作。在此期间，他积极主动地参与完成了珠海隧道 TJ2 标、深圳望海路扩能改造工程的技术标编制工作，并成功中标。

2021 年 3 月，珠海隧道 TJ2 标成功中标后，母永奇被调入珠海隧道项目部担任机械副总工程师职务。这是一条超大直径的泥水盾构隧道，盾构机的开挖直径达到了 15.30 米。母永奇主要承担着前期盾构机的选型、适应性分析，以及设计制造过程中的监造、进场前期准备等工作。其间，他全力参与编制完成了珠海隧道工程的创优策划书和创优任务分解表，还编制完成了广东省新技术运用示范工程、广东省绿色施工示范工地、广东省建设工程优质结构奖、珠海市市政工程安全文明施工示范工地以及珠海市市政样板工地的备案申报材料。2021 年 10 月，公司中标了高原铁路项目，当他在珠海隧道项目看到开工仪式时，便主动向公司提交了申请书，决心奔赴高原去攻克最艰难的隧道。

第九章 奋进在高原上

2021年10月，母永奇奔赴西藏，投身高原铁路建设。在林芝下飞机后，项目上的车接他到工地。从林芝前往鲁朗，需翻越4728米的色季拉山，一路上风景秀丽，森林茂密，与想象中的西藏截然不同，雪山、草地、牦牛等新奇景致不断地映入眼帘。途中，母永奇满心担忧高原反应，怕因此无缘高原铁路建设。盘山公路曲折向上，行至山腰，随着海拔渐高，原本晴朗的天空飘起了雪花，交警设置了卡点，货车禁行，小车须挂防滑链才能通行。母永奇和司机安好防滑链后继续前行，道路上积雪增厚、结冰。车辆打滑、碰撞事故频发，堵车严重，交警忙于疏导交通、撒盐除雪。抵达山顶，母永奇并未出现高原反应。下山时，目睹前车打滑撞护栏，险象环生，母永奇忙提醒司机慢行，司机师傅开玩笑说："这段路着实省油，百公里只需要一身冷汗，内地过来的司机都不敢开，必须是有过冰雪路段驾驶经验的司机才行。"他们下午 1 点出发，晚上 8 点才到工地，短短 80 多公里，本一个半小时的车程，却走了 7 个小时。此次行程让母永奇深切体会到西藏交通不便，改善交通状况迫在眉睫。

母永奇所在项目建设的这条隧道是高原铁路全线控制性重点工程，全长 37.965 千米，为双洞单线隧道，由中铁隧道局集团与中国水利水电十四局对向施工，他们负责其中 20.675 千米路段。隧道进口海拔 3158 米，以 2 台直径 10.33 米的 TBM（隧道掘进机）推进作业。作为雪域高原的又一"天路"，它是世界铁路建设史上地形地质条件最复杂的工程，承载着中国三代铁路建设者的梦想。

初到项目，母永奇便投身紧张的工作。2 台在郑州中铁装备集团制造的 TBM"雪域先锋"号和"忠诚担当"号已下线，需运往施工现场。这 2 台设备拆装后用大型货运

冬季的高原铁路项目部

国中铁
保护生态　安全可靠

“雪域先锋”号顺利始发

车辆装了200多车，其设计制造时已考虑运输便利性，多数零部件均可正常装车，仅最大不可分割件主轴承（直径6.7米的圆环超宽货物）运输比较棘手。从郑州到工地全程2800多公里，为确保运输安全，他们多次勘察路线，详细记录，并与当地交警、路政等部门沟通协调，解决道路宽窄、弯度、高度等问题。自郑州经拉萨至林芝，大部分高速路段有惊无险，而林芝至项目工地的80多公里318国道却困难重重，弯急坡陡，多处需提前拓宽。林芝交警提前发布封路通知，由交警开路、他们压阵，才缓缓通行，众人提心吊胆，直至设备平安抵达才安心。整个运输耗时40余天，成功将2台TBM运抵现场。设备到场后立即投入组装调试，为尽早掘进，项目部提前梳理任务清单，母永奇负责夜班工作，每晚既指挥又实操，现场忙而有序，全力推进。本需要1个月完成的组装，这台三层楼高、长245米、重2500吨的“雪域先锋”号仅用20天便组装完毕。

这台TBM是全断面硬岩掘进机，与母永奇此前操作的地铁盾构机差异较大，这是他首次接触TBM，对于他而言既是挑战也是机遇。从组装起，他便钻研图纸和构造，调试掘进时持续钻研操作技术，凭借经验，虚心向他人请教，很快他就能独立操作了。TBM操作虽然比盾构机简单，没有渣土改良和泥水循环环节，但刀盘刀具保护和推力控制成了关键。后来，领导安排母永奇负责盯控TBM掘进，他时刻警惕，确保各项参数正常、掘进姿态可控，保持最佳状态。高原铁路隧道地质复杂，不良地质众多，属于高

TBM 主轴承 318 国道运输景象

风险隧道。TBM 掘进时，节理密集带、断层破碎带与可能存在的蚀变岩带等松散体，给施工带来诸多难题。2023 年，左右线 TBM 先后 2 次严重卡机。作为主司机，母永奇带领团队现场作业，通过对围岩、掘进参数以及出渣情况进行分析，总结掘进过程中卡机时的掘进参数变化规律，提前预判风险，动态调整参数，避免了再次卡机。经过努力，历时43天，母永奇及团队成功解决了卡机问题，无愧于“隧道王牌军”称号。

这条隧道最大埋深1453米，地应力达45.52兆帕，TBM穿越Ⅱ、Ⅲ级的完整围岩地层时，在极高的应力作用下，极易发生硬岩岩爆，这是施工中最突出的难题，延误工期的风险与安全风险极大。此次掘进中共出现了554次轻微岩爆和10次中等岩爆，且岩爆预测准确率低。岩爆发生时，岩石弹射剧烈，有时TBM刀盘刚掘进完成，四周的岩壁就在护盾里发生了岩爆，这时有护盾的保护，还比较安全，但有时候已经掘进了20米至30米的围岩也发生岩爆，对作业人员人身安全威胁极大，因无法预测岩爆何时何地会发生，工人需身着防弹衣、头戴钢盔作业。

作为主司机，母永奇每掘进90厘米就查看脱出护盾的围岩，依据围岩裂隙走向、数量，以及裂隙中是否含有地下水等特征，再结合隧道埋深与地应力判断岩爆风险。裂隙分纵向和环向，长度不一，如果围岩硬、埋深大，存在长纵向裂隙且分支多，无地下水则易发生岩爆。母永奇不断验证判断准确性，并按判断警示附近工人撤离危险区。起初大家半信半疑，后来多次成功预判，大家好奇询问，母永奇笑称凭直觉。

母永奇操作“雪域先锋”号 TBM 掘进

分部设备部部长梁荣章这样评价母永奇："他在盾构TBM掘进领域堪称高手，在现场设备的维修保养方面，技术造诣也极为深厚。他曾担任设备部机械副总工程师，如今已是副经理，但职位的升迁并未改变他的亲和。不论设备出现何种故障，或者是技术研究陷入瓶颈，我们都会向他求教。他为人随和谦逊，待我们如兄长一般，总能耐心地答疑解惑，让我们在工作中受益良多，也让整个团队在他的引领下更具凝聚力和向心力。"

随着TBM不断掘进，作业环境之恶劣远超以往的盾构机施工。距离隧道口越远，通风效果越不佳，掘进中粉尘如雾，不戴口罩便难以呼吸，缺氧且高温，温度常在38摄氏度至40摄氏度，地下水大时如水帘洞，工人常因缺氧昏厥。虽三班倒，但工人坐小火车进出洞单程仍需一个半小时，每班实际工作超15个小时。就是在这样的工作环境下，母永奇及团队一直坚持着，持续提升施工进度，最终月掘进达613米，取得佳绩。

2022年7月，公司为培养年轻干部，将母永奇从项目机械副总工程师提拔为项目副经理。然而，项目经理未安排他负责擅长的TBM掘进管理，而是分管弃渣场和碎石厂。他很快意识到管技术与管生产差异巨大，前者面对技术人员，后者则是一线工人和班组长。而且，起初大家因他年轻而不太听从安排，尤其是碎石厂班长老邓，是出了名的爱抬杠，不管谁说什么他总要抬杠一下。同事开玩笑说他是 ETC 收费杆，一见车就抬杆。连项目经理都头疼，更别提新上任的副经理母永奇了。

为了赢得大家的认可，母永奇每次安排完工作就带头干。有次业主单位检查前，碎石厂水沟堵塞、道路脏乱，他安排老邓带人清理，却无人响应，大家都觉得时间太紧无法完成。于是他和指挥部物资部部长周广杰拿起铁锹清理水沟，后又冲洗地面，直至早上 6 点多，终于让厂区焕然一新。第二天，领导检查后，表扬了他们。老邓主动找到母永奇，对他在寒冷的冬夜里坚持完成那么重的任务表示钦佩，并承诺以后会积极配合工作。此后，母永奇安排的任务，老邓都不再抬杠，而是迅速执行。

周广杰回忆起一段工作往事，眼中流露出深深的感慨："有一回，我和他一起熬夜加班干活。当时我心想，他可是拿过国务院政府特殊津贴的，各种荣誉、奖项拿到手软，在我们心中，那简直就是如同大明星一般遥不可及的人物。我甚至觉得，像拿着铁锹、扫把去扫地这类活儿，他是绝不会亲自动手的。可没想到，那天我俩从清晨一直忙碌到晚上十一二点。他作为分管副经理，本可以指挥现场的工人和部门人员去劳作，自己完全无须亲力亲为，然而他却毫无架子，和我们一起埋头苦干。这一幕，深深地烙印在了我的记忆里。”

在弃渣场管理方面，为了带动当地经济发展，出渣车辆都是当地村委会组织村民成立的车队，起初藏族司机随意地倾倒渣土，导致装载机推渣困难、效率低下。于是他每天现场指挥，从早到晚坚守，刚开始司机不听，后来逐渐养成了规范倾倒的习惯，弃渣场管理也日益规范。但在此过程中，他因低估西藏高原紫外线，所以不仅晒黑了，鼻子上还晒脱了皮，脸上也出现了“高原红”。

分部物资部部长齐福显满怀敬意地说道：“母永奇经理为人真诚、行事低调。尽管头顶众多荣誉光环，可他亲自带领大家劳作的场景，起初我都觉得有些超乎想象，但他实实在在地做到了。自他分管生产工作后，有一阵子，由于长时间在户外高强度劳作，强烈的紫外线和恶劣的气候在他脸上留下了鲜明的印记，整张脸布满了脱皮的痕迹，肤色也被晒成了‘高原红’。要知道，他刚上高原的时候，可是白白净净的小帅哥，你们看他现在脸黑黢黢的，和之前比简直判若两人。”

“海拔高斗志更高，风雪大决心更大！”这是母永奇和高原铁路隧道团队的响亮口号。他们将秉持“两路”精神，操控2台国之重器，全力加速高原铁路建设，为完成这项光荣艰巨的历史使命拼搏奋进！母永奇早已将个人成长与隧道技术进步相融，不惧艰险，奋勇当先，持续为高原铁路精神注入了新的内涵。

母永奇上高原后不久，公司为强化技能大师工作室的引领作用，依托项目设立“中国中铁母永奇TBM操作技能大师工作室”。工作室成员共64人，含领导小组15人及工作室成员49人，明确了组织机构、岗位职责，制定了日常工作、设备管理、经费管理、考核奖励、成果推广等制度，并制订了年度工作计划与创新目标。

工作室结合高原铁路特长深埋隧道长段落高地应力易岩爆、节理密集带、蚀变岩带、断层破碎带、强富水段及高地震烈度活跃区不良地质，且TBM独头掘进里程长达17.162千米的特性，开展创新攻关活动，每月定期召开会议，总结过往工作、规划当月安排，集中解决施工难题；遇“急、难、险、重”问题，则临时召集会议研讨。举办

母永奇在维修检查 TBM

技术交流活动 10 余次，如外出参观学习、接待各方调研。开展培训 30 多次，培训达 900 人次。通过这些交流活动，专家们分享的宝贵经验有力推动了项目 TBM 掘进生产工作。同时，工作室借助 TBM 大讲堂与技术讨论活动培养专业人才，并积极组织大型交流活动。

母永奇的徒弟，TBM 主司机韩亮，谈及师父母永奇时满是自豪：“师父对于我来说，既是老师又是朋友。以前跟着师父的时候，我们就像小跟班，他操作时，我们在

工作室成员集体学习

旁边一边记录、一边提问、一边观察，不放过任何一个细节，不停地追问每个步骤的缘由。而师父呢，总是耐心十足、事无巨细地为我们解答。那时候，我每天下班后的第一件事，就是找师父汇报工作情况，遇到的问题、操作的方式，甚至自我怀疑操作有误的地方，都会一股脑儿地告诉他。师父也从不厌烦，倾囊相授他的经验心得。即便后来我们不在同一个项目，他也时常来电关心问候。每次他出差到我们所在的城市，聚一聚那是必不可少的。”

2020年至2022年，工作室斩获21项创新成果，涵盖8项发明专利（3项已授权）、7项实用新型专利、3项施工工法、1项科技进步奖、4项QC成果，并发表3篇论文。在高原项目2标，完成4项发明专利与2项实用新型专利，涉及TBM出渣、喷浆等关键环节。同时，工作室借国家重点专项课题，探索高原高寒地区TBM施工“少人

母永奇（左一）与团队成员研究讨论刀具磨损情况

化”“无人化”，建成智能建造中心，开发15个智能化协同模块，初步实现了隧道TBM智能辅助掘进。2020年之前，工作室也曾屡获殊荣，2018年被中华全国铁路总工会命名为“火车头劳模和工匠人才创新工作室”，2019年工作室被广东省工业工会命名为“母永奇劳模和工匠人才创新工作室”，被中国中铁指定为隧道工程劳模创新工作室联盟带头工作室。

建党百年之际，作为第25届中国青年五四奖章获得者，母永奇参加了党中央组织的庆祝活动，在天安门聆听习近平总书记讲话，心潮澎湃。2023年10月9日，他人生中第一次走进人民大会堂参加中国工会第十八次全国代表大会，现场聆听致辞和报告，深受鼓舞，深感身处“劳动光荣、技能宝贵、创造伟大”的好时代，有缘结识众多的大国工匠和劳动模范，他们的故事令母永奇动容，也深知自身的差距与努力方向。身为铁路建设者，母永奇以隧贯山河为目标，视TBM安全施工为事业，将培养优秀主司机当作使命，怀揣着打通天堑、缩短世界距离的梦想，在岗位上不懈奋进。

母永奇参加中国工会第十八次全国代表大会

第十章 高光时刻

2021年7月，正在项目现场忙碌的母永奇，接到了集团工会的一则通知，要求他上报2022年的“大国工匠年度人物”评选资料。公司工会领导极为重视，迅速组织召开两次视频会议，着重强调上报资料的质量，尤其是个人事迹材料，必须精心打磨。于是，公司工会组织单位的“笔杆子”们，根据母永奇提供的工作经历，撰写了10余篇事迹材料。领导们反复斟酌、层层筛选，最终敲定一篇上报。然而，一个多月过去，消息却石沉大海。

母永奇所在单位工会隶属中华全国铁路总工会，旗下众多大型央企国企，优秀人才汇聚，竞争堪称白热化。经过铁路总工会的严格筛选，母永奇遗憾地名列第三，而中华全国铁路总工会向全国总工会推荐的名额仅有两个，“大国工匠年度人物”的荣誉似乎与他擦肩而过。

就在母永奇心灰意冷、准备放弃之际，西藏自治区总工会组织部的一通电话，让事情出现了转机。电话那头告知，自治区 2022 年“大国工匠年度人物”尚无合适人选，希望他能提供申报资料。他略做整理，将之前上报给铁路总工会的资料几乎原封不动地上报给了西藏自治区总工会。随后，这份承载着希望的材料被呈送至全国总工会，而西藏自治区总工会仅有一个推荐名额，母永奇有幸成为这万里挑一的人选。

此后，漫长的等待中，消息全无。直至 10 月初，中央广播电视总台的一位导演打来电话，带来了令人振奋的消息，经过各级专家评委的评审，母永奇已从 50 名候选人中脱颖而出，跻身前 20 名，正在进行紧张的 20 进 10 评选环节，且过几日他们将带队赶赴母永奇所在的西藏林芝工地进行拍摄采访。当时，母永奇满心疑惑，毕竟“大国工匠年度人物”仅有 10 名，尚未确定入围，为何便要拍

2022年『大国工匠年度人物』宣传海报

摄采访？但疑惑归疑惑，他也未多问。没过几天，导演携3位摄影老师，一行4人从北京千里迢迢地奔赴西藏林芝，刚住进鲁朗小镇的宾馆，两位摄影老师便出现了严重的高原反应。接待方建议他们先休息一日，待身体稍作恢复后再开展工作。到了第三天，他们强忍着不适，立刻投入拍摄采访。整整一周，他们不辞辛劳，奔波于工地各处，捕捉每一个精彩瞬间，记录每一段奋斗历程。拍摄结束临别时，导演微笑着对母永奇说："做好去南京参加'大国工匠年度人物'发布仪式的准备吧，你入选的可能性极大。"直到这时，他才如梦初醒，原来，他已经凭借自己的坚守与执着，赢得了"大国工匠年度人物"这份来之不易的荣誉。

2022年12月，母永奇接到全国总工会的通知，需前往南京参加"大国工匠年度人物"发布仪式的节目录制。当时，他正负责隧道内清污分流管路安装这一艰巨任务，项目经理已明确下达了严格的时间节点，要求必须按时完成，不能耽误一分一秒。然而，面对难得的荣誉，他不想错过去南京的机会。他写了出差申请单，怀着忐忑的心情，踏入项目经理的办公室，向他说明了情况与缘由。项目经理看着母永奇，有些为难地说道："你评上大国工匠，为我们公司争得了荣誉，这很好。可现在工期紧迫，任务繁重，工程能否按时完成也关乎公司的荣誉，你要先完成工作，再来找我签字。”

眼看着去南京的时间已经没剩几天了，那几日，时间紧迫得如同上紧了的发条，每一秒的流逝都仿佛在催促着母永奇。他每日带领着一班工友扎根在隧道内，争分夺秒地安装管路。他不仅在旁指挥协调，更是亲自动手，与工友们并肩作战，抬管子，拧螺丝，拿工具。中午时分，饭

母永奇在“大国工匠年度人物”颁奖典礼上

菜与饮水送至现场，他们便在隧道内简单就餐，匆匆地吃完饭，便又投入紧张的工作之中，不敢有丝毫懈怠。终于，在前往南京的前一天，他们完成了全部任务。那一刻，疲惫与喜悦交织在心头，母永奇知道，自己没有辜负任何一份责任与期待。

母永奇订好了次日飞往南京的机票。一路上，母永奇既兴奋又有些不安，第一次参加中央电视台的节目录制，紧张的情绪在心底蔓延，事先，公司里也无人能为他提供些许经验和建议，一切都只能靠自己摸索前行。终于，飞机缓缓降落在南京机场。由于飞机停靠在远机位，他已做好了乘摆渡车的准备。踏出舱门的那一刹那，眼前的景象让他瞬间呆立在原地。只见机场的工作人员身姿挺拔地站在扶梯下方，手中高举着一块牌子，上面赫然写着“热烈欢迎大国工匠母永奇同志”几个大字，旁边还停着一辆中巴车。这般隆重的场面，是母永奇以往从未经历过的，一时间，他有些不知所措，拎着行李箱的手不自觉地紧了紧，脚步也变得有些迟缓，不太自在地朝着工作人员的方向走去。周围同航班的旅客们纷纷投来好奇与探寻的目光，这让母永奇更加窘迫。工作人员热情地迎了上来，接过母永奇手中的行李箱，随后将一大束娇艳的鲜花递到他

大国工匠母永奇（前排左一）举起奖杯

手中，并微笑着解释这是江苏省总工会特意准备的心意。紧接着，母永奇便被引领着坐上了中巴车。

车辆平稳地行驶，不多时便抵达了节目录制现场附近的宾馆门口。还未等母永奇缓过神来，就看见一群记者早已守候在此，他们手持麦克风和摄像机，将车门口围了个严严实实。看到这一幕，母永奇的大脑瞬间一片空白，紧张的同时变得无所适从，他坐在座位上有些不敢动弹。过了片刻，司机打开了车门，母永奇深吸一口气，努力让自己镇定下来，然后快步下车，径直走向宾馆大厅的前台，办理入住手续。记者们紧紧跟在母永奇身后，抛出一个又一个问题，当时他整个人紧张得近乎麻木，对于记者们的提问和自己的回答，过后已全然没有了印象。

直到走进房间，关上房门，母永奇才重重地吐出一口气，仿佛刚刚经历了一场异常艰难的战斗。回想起刚刚那令人应接不暇的场面，母永奇心中不禁有些担忧，接下来还会面临怎样更大的场面呢？这对于习惯了在隧道中与机器和岩石打交道的他来说，是一个巨大的挑战，甚至比那些复杂的隧道施工难题还要令人头疼。但他清楚地知道，自己不能退缩，既然肩负着大国工匠的名号，就必须挺直脊梁，以坚定的信念和充分的心理准备去迎接即将到来的

10 位大国工匠在南京长江大桥合影留念（左二为母永奇）

大国工匠颁奖典礼现场（左起第四位为母永奇）

一切，绝不能在这小小的困难面前败下阵来。

不多时，其他几位大国工匠也陆续地抵达宾馆。想必大家的初体验都相差无几，各自在房间里稍作休息，因彼此陌生，故尚无交流。母永奇在房间休息时，手机铃声骤然响起。来电之人是中国航天科技集团的何小虎，他俩同为第25届中国青年五四奖章的获得者，在中央企业五四表彰大会上结缘，曾并肩登台接受荣誉，早在2020年他们便互留联系方式。没承想，在此次“大国工匠年度人物”的评选中，他们再度相逢。电话那头，何小虎告知母永奇，导演让他提前准备一篇10分钟的演讲稿，说稿子早已写好了，并且已经记得很熟了。听闻此言，母永奇紧张起来，来南京之前，他在工地忙得晕头转向，压根儿没人提及此事，他也毫无准备，这可如何是好？当下，休息的心思瞬间消散，他急忙打开电脑，着手写自己的演讲稿，满心焦虑与急切，只盼能在这仓促之间赶出一篇满意的演讲稿。

次日清晨，天色未明，母永奇等人便已抵达节目录制大厅。外面天空中飘起了细碎的雪花，气温骤降，十二月的南京寒意刺骨，竟比西藏还要冷上几分。空旷的录制大厅宛如冰窖，冷风肆意穿梭，冻得人瑟瑟发抖。好在热心的志愿者为他们送来了暖宝宝，能驱散些周身的寒意。他们每人都配备了一位专属导演，导演依据他们每个人的特点精心准备了一份台词，详细注明了主持人会提出的问题，以及他们应如何作答。母永奇拿到台词时，却发现与他自行准备的内容不太相符，其中部分表述与他们实际的工作情况存在偏差。于是，导演当即与他们在现场展开商议，逐字逐句地进行修改完善，并迅速组织了彩排。

舞台上，灯光璀璨，音响设备调试就绪，一切都在紧锣密鼓地筹备着。10 个人依照既定的出场顺序依次登台，母永奇被安排在倒数第三位出场。起初，大家都手持稿子念台词，主持人则由工作人员临时客串。导演在台下全神贯注地观察着他们彩排的情况，根据现场表现对台词再次进行调整优化。就这样，忙碌而充实的第一天彩排结束了。

回到宾馆房间，母永奇拿着台词对着镜子一遍又一遍地练习，仔细揣摩每一个字的发音、每一句话的语气和停顿。在随后的几天里，反复彩排、不断修改、持续练习，直至那些台词熟记于心，能够脱口而出。

直至正式录制的那天上午，2 位央视的主持人才来到现场，他们迅速熟悉着属于自己的主持词，由于时间紧迫，并未与“大国工匠年度人物”进行完整的彩排。好在他们经过了多日的磨砺，都已做好了充分的准备，10 位大国工匠怀着紧张与期待，等待着正式录制的那一刻。

下午 3 点，正式录制拉开帷幕。全国总工会的领导以及他们 10 位大国工匠所属的各省（区、市）工会领导纷纷莅临录制现场，台下座无虚席，观众满怀期待的目光交织成一片热切的海洋。在这庄重而热烈的氛围中，紧张的情

主持人和母永奇互动

绪缠绕在每个人心头。

母永奇的出场顺序是倒数第三位，此时他正在后台紧张地候场。工作人员在母永奇身边忙碌着，细心地为他补妆，仔细整理着麦克风和衣衫，确保每一处细节都完美无缺。在他之前登台的，是来自中国水利水电集团的田得梅。母永奇在后台静静聆听着她在台上讲述的那些感人至深的事迹，思绪不由自主地飘远，脑海中浮现出家人的面容，一时间，泪水模糊了双眼。

终于，轮到母永奇上场了。他深吸一口气，挺直脊梁，怀着满满的自信稳步走上舞台，双手接过奖杯，沉甸甸的奖杯是对他多年辛勤付出的无声赞誉。他款步走到台中央，脸上洋溢着微笑，向主持人和台下的观众问好。主持人开始和他交流，然而，当主持人开口提问的瞬间，他一下子就蒙了，问题竟与此前彩排时全然不同！刹那间，他的大脑一片空白，紧张感如汹涌的潮水般瞬间将他淹没。但事已至此，他只能凭借着内心深处的信念和积累的经验临场发挥、随机应变。他努力定了定神，按照自己内心真实的想法，逐字逐句地回答着主持人的问题。令他意想不到的是，台下竟响起了一阵又一阵热烈的掌声，那掌声如温暖的春风，渐渐驱散了他心头的紧张与不安。随着交流的深入，母永奇也越发从容，顺利地回答完了主持人的所有问题。本以为即将顺利下台，可就在这时，主持人敏锐地捕捉到他频频转头看向大屏幕上外公影像的细节，轻声问道他想对外公说些什么。那一刻，他内心很激动，喉咙像是被什么东西哽住，声音也不自觉地带上了一丝哽咽。这原本不是导演设计的环节，但在这真情流露的瞬间，他脱口而出："请外公放心，你们那一代人没有完

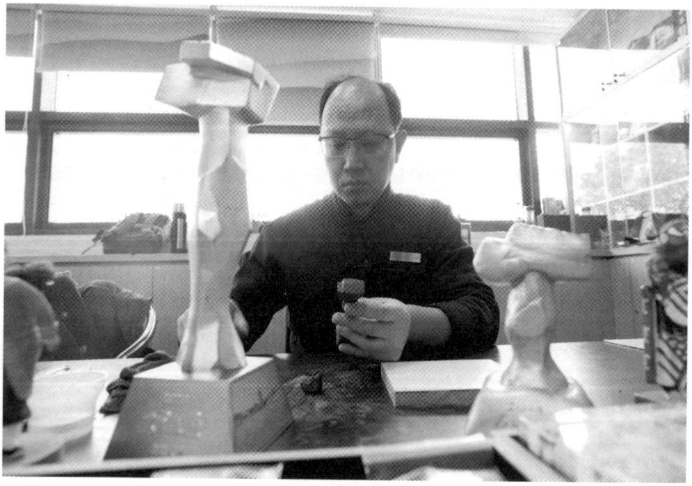

泥雕师傅现场制作"大国工匠年度人物"奖杯

成的任务，就放心地交到我们这一代隧道人的手中，我们不会辜负前辈的期望。”这么多年，他终于能在众人面前，诉尽心底对外公的拳拳深情与郑重承诺，让这份心意不再被岁月尘封。

走下舞台，母永奇的心情久久难以平静，脑海中不断回想着台上的每一个瞬间。直到最后，大家一同上台向观众道别，他才如梦初醒般缓缓回过神来。母永奇深知，这次节目录制将成为他人生中一段刻骨铭心的珍贵记忆，它见证了他的成长与蜕变，也承载着他对工匠精神的坚守与传承。

发布仪式结束的次日，江苏省总工会组织10位大国工匠前往南京长江大桥以及南京市非遗体验中心，深入领略当地独特的工匠文化底蕴。在非遗体验中心，一位泥雕大师的技艺令人叹为观止。他对照着“大国工匠年度人物”的奖杯，现场创作，一块平凡的泥土在他的巧手雕琢下，渐渐幻化成与奖杯如出一辙的精美泥雕，引得众人啧啧称赞，不禁感叹江南真是藏龙卧虎之地。

行程结束后，他们踏上了归程，母永奇也迅速回归到项目中，继续投入忙碌的工作。时光匆匆，直到2023年全国两会召开前夕，即2023年2月28日晚上10点，“大国工匠年度人物”颁奖节目在中央电视台播出。总公司组织全体人员观看学习，他也在节目上看到了自己领奖的画面。母永奇看着屏幕中的自己，思绪飘回那个荣耀的时刻，没想到他能在如此盛大的舞台上有出色的表现，内心满是欢喜。然而，母永奇深知这次获奖来之不易，差一点便与荣誉擦肩而过。这也让他更加坚定，未来要以更饱满的热情和不懈的努力投入工作中，持续提升自我，追求卓越，在工匠之路上不断前行，书写新的华章。

后记

母永奇与刘春坪，夫妻相隔两地，各自守着一方天地。刘春坪一直在商场打工，辛勤地售卖衣物，忙碌间隙，常与几个“90后”女同事闲话家常。已婚女子间的谈资，总绕不开诸般生活琐碎，比如谁家丈夫又送鲜花给妻子过生日，谁家小两口朝朝暮暮软语相陪，或是谁又收到了爱人精心挑选的礼物。刘春坪每闻此语，只是浅笑以对，沉默无言。同事们了解到她与丈夫常年分居，一年到头难得一聚，好奇之心遂起，问她夫妻间联系的频次。刘春坪如实相告，联系很少。女同事热心地提示刘春坪，告知微信有一妙处，打开和某人的聊天框，点击右上角的三个点，便可查看和某人的聊天记录日期。显示的日期和普通日历一样，只是代表日期的数字有黑色和灰色之分，黑色代表有联系的日期，灰色则是无交流的日期。女同事拿过刘春坪的手机，边说边打开她和母永奇的聊天框，只见一个月之中，黑色仅有寥寥一两次。更有甚者，有时刘春坪发出的消息如石沉大海，数日不见回音。几个女同事忍不住笑出声，说每月就联系一两次，还包括不回复的。而刘春坪谈及此事，并无半分悲戚，反而也报以微笑，尽管这微笑更像是不得已的苦笑。她深知母永奇身负工作重压，其工作性质决定了他的忙碌与奔波。她必须以理解为基石，以支持为梁柱，在家庭的天地里，默默承担，不能给丈夫增添丝毫负累。

此刻，在几千公里外的高原上，母永奇及其团队仍旧奋战在高原铁路隧道艰苦的工作环境中。在采访了他的多位同事后，我才真正明白了他们一直阻拦我登上盾构机的种种缘由，解开了困扰我多日的疑惑。

周广杰说："不让你进隧道上盾构机，真不是因为迷信。"说罢，他稍作停顿。我不禁回想起母永奇拒绝我时，那欲言又止的模样。于是，我问道："是不是你们觉得女人进隧道不吉利，就如同渔民出海打鱼时不让女人上船那样？"听了我的问题，在场的人都笑了。

周广杰接着解释："不是这样的。之前有几位领导前来检查工作，走到隧道口时，我们领导对其中一位女领导说，‘您还是别进去了，里面又脏又辛苦’。可那位女领导坚持要进去，结果一进隧道，好家伙，就跟进了男澡堂似的，绝大多数工人都没穿上衣，甚至还有个别工人在全裸洗澡。当时那场面，别提多尴尬了。”

原来，随着 TBM 不断向前掘进，作业环境的恶劣程度远超以往的盾构机施工，也大大超出了我们的想象。距离隧道口越远，通风效果就越差。掘进过程中，粉尘弥漫如雾，不戴口罩根本无法呼吸；可戴上口罩，在原本就缺氧且高温的环境里，呼吸更困难，工人们常常会因缺氧而昏厥。隧道内的温度高达 38 摄氏度至 40 摄氏度，由于员工全是男性，不穿上衣成了常态。有时出汗太多，再加上粉尘的影响，身上黏糊糊得像和了泥，于是他们干脆全脱光，用地下水冲洗一番，此时的地下水温度正合适，水量大的时候，就如同水帘洞一般。

更让人意想不到的是，隧道里还存在着不可控的人身安全危险。在极高地应力的作用下，硬岩岩爆极易发生。在掘进过程中，他们已经遭遇了 554 次轻微岩爆和 10 次中等岩爆。岩爆发生时，岩石会剧烈弹射，对作业人员的人身安全构成极大威胁。而且，由于岩爆预测的准确率较低，无法精准预知岩爆何时何地会发生，所以工人们必须身着防弹衣、头戴钢盔进行作业。

原来，事情远非我想象的那般简单，并不是我不怕脏、不怕热，带着氧气瓶就能去采访的。存在着这么多难以想象和不可预测的风险，这才是无论我怎样请求，他们经过讨论后，依旧阻拦我踏入隧道登上盾构机的真正原因。

采访结束之际，我向母永奇提出请求："等到高原铁路隧道项目临近结束，或者下一个隧道项目开启的时候，我一定要登上盾构机，亲身体验一下你日常的工作。"

母永奇爽快地应道："好的，一言为定。"

每当母永奇望着那盾构机一点点啃噬着黑暗，开辟出崭新的通道，他便深知，自己是这地下世界的开拓者，是城市脉络的编织者。每一寸隧道的延伸，都凝聚着他的心血与汗水，每一颗螺栓的紧固，每一次数据的监测，都是他对这份事业的坚守与热爱。尽管疲惫与艰难如影随形，但他心中始终有一团炽热的火焰在燃烧。愿他在这盾构机的怀抱里，在这隧道的深邃中，用自己的双手，为梦想与责任砥砺前行，让光明与希望在这黑暗的地下破土而出。

母永奇时常喟叹，命运宛如一座巨大而精密的钟表，其齿轮遵循着既定的轨迹缓缓旋转。想当初，家庭贫困，入不敷出，姐姐为了他的学业默默牺牲，父母辛勤操劳的身影在眼前挥之不去。如果那时他为了就读更好的学校而奔赴县里的高中，全然不顾家人的付出与重负，他将在另一条道路上前行，也许他能顺利考入理想的大学，也许毕业后寻得一份安稳的工作，在平淡与宁静中度过此生。然而，人生没有如果，正是当初看似不寻常的抉择，成就了如今的他。倘若走了那条未曾选择的路，首先是他无法遇见温柔贤淑的刘春坪，没有她给予的理解与支持，没有当下这份意义非凡的工作，便不会有“大国工匠年度人物”的荣耀加身，更无法凭借工作的契机找寻到外公的安息之所。

在岁月的长河中回首，他真切地领悟到，世间万事皆为命运的巧妙编排，而眼前的一切，便是命运赐予的、最好的安排。

2025 年 2 月